Hilde Möller
Bis ans Ende des Sommers
Tagebuch eines Segeltörns

Bibliografische Information der Deutschen Nationalbibliothek: Die Deutsche Nationalbibliothek verzeichnet diese Publikation in der Deutschen Nationalbibliografie; detaillierte bibliografische Daten sind im Internet über dnb.dnb.de abrufbar.

Coverdesign: Irene Repp http://daylinart.webnode.com/
Bildrechte: Bildrechte: © sarmdy - 123rf.com; © epicstockmedia - 123rf.com; © Larisa-K - pixabay.com; © MichaelKnoll - pixabay.com; © Peggychoucair - pixabay.com
Buchsatz: Elsa Rieger
Herstellung und Verlag: BoD – Books on Demand, Norderstedt

ISBN: 978-3756856404

Hilde Möller

Bis ans Ende des Sommers

Tagebuch eines Segeltörns

*Mit all meiner Liebe
für meinen Mann und meine Kinder*

PROLOG

Was für eine freudige Überraschung. Vor ein paar Tagen war wieder einmal Aufräumtag bei Hilde und was habe ich entdeckt? Mein Tagebuch über unseren letzten großen Segeltörn mit Hillaseven im Jahr 1990, der auch gleichzeitig der letzte Törn mit unserem Sohn Mirko gewesen war. Nie zuvor habe ich über unsere Segelei etwas aufgeschrieben. Aber damals entschloss ich mich dazu, weil diese Wochen etwas ganz Besonderes zu werden versprachen. Und für uns wurden sie sogar zu etwas Außergewöhnlichem. Waren wir doch drei Jahre zuvor mit Hillaseven von Laredo, unserem Heimathafen in der Biscaya, vorbei an Galizien und Portugal bis nach Oliva/Valencia gesegelt und wollten nach herrlichen Sommern in der Inselwelt Spaniens unser Boot nun nach Laredo zurückbringen.

Wie konnte ich dieses Tagebuch nur vergessen? Ich fing an, in den alten Notizen zu lesen und … konnte gar nicht mehr aufhören. Das alles haben wir damals erlebt? All diese unzähligen Abenteuer, diese 61 Tage, die ganz anders waren als die Segelfahrt drei Jahre zuvor, wo Wind, Wetter und Wellen uns immer wohlwollend begleiteten. Ich war plötzlich wieder auf dem Meer, an Bord unseres Katamarans, wanderte im Geist durch kleine Fischerstädtchen und Dörfer, war aber auch in meiner Erinnerung wieder dem Sturm und dem hohen Wellengang ausgesetzt. Die seither vergangene Zeit schien die damals erlebten Ereignisse ausgelöscht zu haben, doch unversehens kehrten die vielen Erinnerungen mit Wucht zurück und wurden zu lebendiger Gegenwart.

Hatte ich wirklich vorgehabt, dieses Tagebuch einfach so im Nirwana verschwinden zu lassen? Wollte ich es eventuell sogar im Papiermüll entsorgen? Nein!

Ich werde all diese Abenteuer wieder aufleben lassen. Kein leichtes Unterfangen, ich hatte nämlich seinerzeit mein handgeschriebenes Manuskript mit der Schreibmaschine abgetippt und gebunden. Damals besaß ich noch keinen Computer und konnte die Vorlage auf keinem Medium speichern. Also scannten wir vor einigen Tagen den Text ein und versuchten, ihn in eine lesbare Datei umzuwandeln, die ich gegebenenfalls überarbeiten und ändern könnte. Das Ergebnis war ein einziges Durcheinander, ein Wirrwarr von Wörtern, Zeichen und Hieroglyphen, das ich erst einmal in Ordnung bringen musste.

Bei der Überarbeitung schwelgte ich in Erinnerungen und ließ hier und da einige Überlegungen aus dem Jetzt einfließen. Zudem habe ich gemerkt, dass sich bei den Verbformen Gegenwart und Vergangenheit oft abwechseln, was nicht verwunderlich ist, schrieb ich doch das tagsüber Erlebte abends oder manchmal sogar Tage später in meiner Kajüte auf. Aber ich persönlich finde, das macht einen solchen Text erst wirklich lebendig – beschränken sich Gedanken, Gefühle und Erlebnisse doch nicht nur auf den einen einzigen Augenblick. Und deshalb hoffe ich, dass diese schriftstellerische Eigenwilligkeit Verständnis finden wird.

Und noch etwas möchte ich unbedingt klarstellen. Den Segeltörn unternahmen wir 1990, also vor mehr als 30 Jahren! In dieser langen Zeit hat sich in den Städten, Dörfern und Häfen, die wir damals ansteuerten und an den Küsten, an denen wir entlang segelten, gewiss vieles verändert. So mögen manche negativen Eindrücke heute vielleicht nicht mehr gelten, sich aber auch positive Erfahrungen ins Gegensätzliche umgekehrt haben. Alles hier Niedergeschriebene wurde 1990 erlebt, erfahren, empfunden und wahrgenommen.

Ich widme dieses Tagebuch meinen geliebten Kindern. Aber vielleicht interessiert es nicht nur sie?

Ich wage es einfach und wünsche allen ein abwechslungsreiches Lesevergnügen! Begleitet uns auf diesem Weg der Erinnerung, der mit so viel Mut, Angst und Abenteuerlust begangen wurde und für uns zu einem einmaligen Erlebnis wurde!

1. Tag

30. Juni

„Wirklich? Du meinst es nun also doch ernst?" Ich sah meinen Mann erwartungsvoll an.

Er lachte: „Wie lange wollen wir denn noch warten? Wir haben Zeit, Mirko ist bereit und Carmen hat Lust mitzukommen, also dann, *Mast- und Schotbruch!*"

Ich schmunzelte – typischer Gruß unter Seglern. Karl-Heinz hat mir irgendwann einmal erklärt, woher er kommt. Die Schot, das ist die Leine, die das Segel im gewünschten Winkel zum Wind hält. Der Gruß soll andeuten, dass bei einem Sturm Mast und Schot Sollbruchstellen haben, die brechen bzw. reißen sollten, bevor noch größerer Schaden entstehen könnte. Ich versteh zwar nichts davon, aber den Spruch finde ich genauso komisch wie „Hals- und Beinbruch".

In diesem Augenblick wurde mir bewusst: Wir wollten es tatsächlich wagen!

Unser zweiter, großer Törn sollte wirklich wahr werden! Und plötzlich hatte ich eine Idee … ich werde ein Tagebuch führen! Zum allerersten Mal auf einem unserer vielen Törns! Warum mir diesmal, und nie bei anderen Segelfahrten die Idee gekommen ist? Ganz einfach! Wir wussten von vornherein, dass es diesmal anders, schwieriger verlaufen würde als damals, als wir von Norden nach dem Süden unterwegs waren. Zu oft werden wir in dieser Richtung Wind und Wellen gegen uns haben. Und dieses „gegen uns" würde schwierig werden, würde unseren Törn nicht gerade zu einer Spazierfahrt machen. Aber Mirko ließ gar keine Befürchtungen aufkommen: „Uns geschieht schon nichts, der Wettergott ist mit uns und wird uns wohlwollend begleiten." Hoffen wir auf seinen Optimismus! Es ist beruhigend, nicht im vornherein zu wissen, was auf einen zukommt.

Diesen Törn wollten wir auch deshalb wagen, weil es vielleicht der letzte Segelsommer sein würde, den unser Jüngster mit uns verbringen konnte.

Und nun? Da unser Käpt'n etliche Tage zuvor bereits Andeutungen über eine mögliche Rückfahrt gemacht hatte, kam seine endgültige Ansage dann doch nicht so überraschend.

Wir fingen an zu packen … Wäsche, Kleidung, Toilettenartikel… allerdings nur, um dann alles wieder auszusortieren, wegzuräumen und wieder neu bereitzulegen! Es war natürlich viel zu viel. Auf dem Meer brauchen wir keine tolle Kleidung, keine hochhackigen Schuhe, keine Schminke und dergleichen mehr, sondern nur das Nötigste. Die Koffer, Taschen und Rucksäcke wurden jedes Mal leichter und die Spannung größer. Dennoch hatte ich immer noch Zweifel, dass es tatsächlich losgehen sollte.

Bis – ja bis es wirklich so weit war. Um 11 Uhr 30 trafen wir uns in Madrid am Busbahnhof. Wir freuten uns so sehr auf dieses Abenteuer. Wir waren aufgeregt und glücklich, lachten und spaßten, auch wenn wir noch nicht ahnen konnten, auf welches Abenteuer wir uns da einließen.

Hillaseven liegt bei Oliva, in der Nähe von Valencia. Dorthin hatten wir sie vor Jahren über Galizien, Portugal und Gibraltar gebracht. Von Oliva aus machten wir die herrlichsten Törns nach Ibiza und Mallorca, sogar nach Menorca und sind auf all die umliegenden Inseln gesegelt. Ganz Mallorca haben wir umsegelt, begeistert waren wir von Menorca, wo sich der Tourismus noch nicht breitgemacht hatte, weshalb sich die Insel ihre Ursprünglichkeit bewahren konnte. Ehrlich gesagt, fällt es uns nicht ganz leicht, diese traumhaften Sommer nun hinter uns zu lassen. Da wir mit Hillaseven wegen des niedrigen Tiefgangs fast überall ankern konnten, lernten wir die verträumtesten kleinen Buchten kennen. Was haben wir genossen, dass unser Hauptbekleidungsstück meist nur der Bikini war, natürlich nicht, wenn wir in den Ortschaften unterwegs waren.

„Wir", die Crew, das waren Karl-Heinz, Ehemann, Vater und Kapitän, der sich vor drei Jahren aus dem Berufsleben zurückgezogen hatte und schon von Jugend auf das Meer so sehr liebte, dass er sich endlich den Traum einer eigenen Jacht erfüllen konnte und in den letzten Jahren die Ferien hauptsächlich segelnd verbrachte.

Das andere Crewmitglied war ich: Ehefrau, Verwaltungs- und Organisationschefin auf dem Boot. Im Privatleben Mutter von sieben erwachsenen Kindern, begeisterte Amateurfotografin, die das Schreiben ebenso sehr liebte.

Dann waren da noch Mirko und Carmen. Mirko, unser jüngster Sohn, erster Offizier an Bord. Er und seine Freundin Carmen hatten dieses Jahr mit großem Erfolg ihr Psychologiestudium beendet. Dieser Törn sollte eine kleine Belohnung für den hervorragenden Abschluss sein, doch gleichzeitig auch Abschied von Unbekümmertheit und Sorglosigkeit.

Und natürlich Hillaseven, unser Katamaran. Ein paar persönliche Daten über ihn gefällig? Länge: 11,60 m, Breite: 4,45 m, Gewicht: 4 Tonnen, Tiefgang: 85 cm, robust, zuverlässig und all unseren Anforderungen gerecht werdend. Der Name setzt sich zusammen aus der Abkürzung meines Vornamens Hilde gleich „Hilla", unseren sieben Kindern und den sieben

Weltmeeren, die wir zwar nicht mehr befahren werden, auch wenn immer eine geheime Sehnsucht nach diesem großen Abenteuer bleibt.

Leider haben wir mit der Segelei zu spät angefangen, sodass wir Südseeträume und ferne Inselwelten irgendwo unter nüchternen Überlegungen und Berechnungen begruben. Nachdem wir, wie gesagt, im Mittelmeer die wundervollsten Segeltörns erlebt hatten, wollten wir Hillaseven jetzt nach Laredo, in ihren Heimathafen, wo wir jahrelang die Sommer verbracht hatten und ein Haus besaßen, zurückholen. Und so hatte der Käpt'n beschlossen, wir wagen die Fahrt gen Norden. Und die Crew war damit einverstanden.

Da wir bereits letzten Monat kurz nach Oliva gefahren sind, war Hillaseven auf ihren großen Törn vorbereitet. Die meisten haltbaren Lebensmittel und Trinkvorräte waren bereits an Bord. Auftanken war auch erledigt. Wir mussten nur noch unsere persönlichen Dinge einräumen, Segel aufziehen und einige Kleinigkeiten einkaufen.

Wie schnell war diese Strecke im Zug zu schaffen, nach etwas mehr als vier Stunden kamen wir in Oliva an, luden das Gepäck ab und machten uns gleich an die Vorbereitungen.

Zuerst ging es um die Platzverteilung. Wer schläft wo? Die jungen Leute bekamen die breite Kajüte in der Mitte, die tagsüber als Wohnraum dient. Karl-Heinz war damit einverstanden, im hinteren Teil des linken Schiffskörpers zu übernachten. Und ich hatte im vorderen Teil des rechten Körpers die größte und vor allem hellste Wohngelegenheit. Warum ich die schönste Kajüte bekam? Nun ja, Wasser ist nicht gerade mein Element und die Segelei nicht unbedingt meine Leidenschaft, auch wenn ich sie mit vielen tollen Augenblicken verbinde und selbstverständlich immer, wo ich kann, mit anpacke, aber leider muss ich ständig gegen eine üble Seekrankheit ankämpfen, die mich zeitweise lähmt und die ich nur mit ständiger Tabletteneinnahme so gut wie möglich in Griff bekomme. Auch wenn ich das Meer genauso liebe wie mein Mann – Meereslandschaften finde ich unbeschreiblich schön – so habe ich doch auch Angst davor.

Ein Freund sagte mal, ich solle diese Angst nie ganz verlieren, wobei er damit wohl eher den Respekt vor diesem Naturelement meinte, um niemals übermütig und unvorsichtig zu werden. Aber meinen Ängsten nachzugeben, lag mir noch nie. Außerdem möchte ich den Traum meines Mannes mit ihm teilen, also überwinde ich mich jedes Mal wieder von Neuem, nehme Tabletten und dieses mulmige Gefühl in Kauf, was dann ein bisschen damit ausgeglichen wird, dass ich die schönste Kajüte bekomme. Wo ich vor allem Platz für meine Bücher und für meine Foto- und Schreibutensilien habe. Und Licht! Zwei Luken, die ich öffnen kann und zwei große Fenster mit getöntem Glas, die mir selbst an Schlechtwettertagen mit ihrem goldwarmen Licht, das sie verbreiten, die Illusion eines Sonnensommertages vorgaukeln.

Trotz aller Bedenken, Vorbehalten und Befürchtungen gebe ich unumwunden zu, dass ich viele traumhafte Tage auf unserer Hillaseven erlebt habe, die ich um keinen Preis der Welt missen möchte.

Gleich neben meiner Kajüte ist die Kombüse. Da meine Segelkenntnisse nicht über die Handhabung des Ankers und eventuell der Segel hinausgehen, bin ich für diesen Bereich zuständig.

Kartenlesen, Satellitennavigation und das Steuern überlasse ich den Männern. Keine geschlechterspezifische Aufgabenteilung, sondern eine wegen meiner Seekrankheit bedingte

Entscheidung, denn ich kann mich während der Fahrt nicht im Innern des Bootes aufhalten und muss mich oft hinlegen. Gekocht wird, wenn überhaupt, erst wenn wir irgendwo angelegt haben.

An die Kombüse anschließend, im Rückteil des rechten Körpers haben wir Schlafmöglichkeiten hinausgeworfen und stattdessen einen Stauraum geschaffen für die Segel, Getränke und was sonst noch alles an Sperrgut an Bord anfällt. In der Mitte haben wir, wie gesagt, den großen Wohnraum, in dem leicht vier Personen schlafen könnten. Aber mehr als vier Leute an Bord erscheinen uns dann doch einfach zu viele und zu ungemütlich, da kann das enge Zusammenleben schon mal zur Qual werden, weshalb wir immer abwechselnd diejenigen unserer Familie mitnehmen, die gerne einmal mit uns segeln wollen.

Im hinteren Teil des linken Körpers schläft also der Käpt'n, anschließend ist der Kartenraum und im vorderen Teil Dusche und WC.

Genug der Beschreibungen – wir sind in Oliva und jetzt konnte es losgehen.

An diesem Nachmittag des 30. Juni richteten wir uns gemütlich ein und beschlossen den Tag mit einem Abendessen in einer Pizzeria und einem langen Spaziergang durch den Teil von Oliva, der sich am Strand entlangzieht.

Kleine weiße Häuser, auch einmal zwei- oder dreistöckige Wohnsiedlungen. Die Häuser sehen von außen eher bescheiden aus, aber … kann man einen Blick durch die Tore werfen, entdecken wir die schönsten Innenhöfe, kühl und herrlich dekoriert mit einem Blumen- und Pflanzenreichtum und kleinen Springbrunnen. Die Fenster der Häuser sind tagsüber meist abgedunkelt, das eigentliche Leben spielt sich hier ungeniert in der Öffentlichkeit ab, keine Wand schützt vor neugierigen Blicken, die Leute sitzen in Vorgärten, in Innenhöfen, auf Balkonen, essen, halten ihre Siesta, handarbeiten, dösen vor sich hin. Weit offene Fenster und Türen gegen Abend, um Luft und Kühlung ins Hausinnere zu lassen.

Auf dem Heimweg gingen wir im weichen Sand des Strandes am Meer entlang, lauschten dem ruhigen, stetig gleichbleibenden Rauschen des Wassers und dem Schlagen der kleinen Wellen gegen die Kaimauer des Segelclubs.

Ich glaube, meine Idee, diesmal alles in einem Tagebuch festzuhalten, ist gut. In ferner Zukunft können wir dann all das, was wir jetzt erleben werden, noch einmal an uns vorüberziehen lassen. Fast wie bei Fotoalben, wenn man uralte Fotos entdeckt und ausruft: Weißt du noch? Kannst du dich noch daran erinnern? Ist es wirklich schon so lange her?

Früh gehen wir heute schlafen, fast schon wieder an den salzigen, ein bisschen muffigen Geruch des Bootes gewöhnt und auch an die stete leichte Bewegung …

2. Tag

1. Juli

Noch nicht ganz mit der neuen Umgebung vertraut, erwachen wir ein bisschen erstaunt, aber dieses Fremdsein legt sich sofort, als wir erst im Jachtclub gut frühstücken und uns dann an die noch verbleibenden Arbeiten machen.

Windstärke heute früh zwischen 6 und 8 Beaufort, das Mittelmeer ist alles andere als ruhig und harmlos. Der Motor von Hillaseven funktioniert nicht, wahrscheinlich haben dem Mechaniker seine geliebten Drinks den Blick getrübt, sodass er den Treibriemen nicht richtig auf die Wasserpumpe bekam. Wir werden morgen wohl kaum auslaufen, was bei dem Wetter ja auch nicht ratsam wäre. Schließlich haben wir viel Zeit, und das soll ein vergnüglicher Sommer werden und nicht ein Kampf, zumindest hoffen wir das heute, an diesem 1. Juli noch.

Also widmen wir uns erst einmal den nächstliegenden Aufgaben. Die Segel werden aufgezogen, letzte Einkäufe getätigt, mit einem Wort – das Zusammenleben von mehr als zwei Monaten ein bisschen organisieren.

Am Mittag machen wir einen ausführlichen Spaziergang durchs Dorf und am Strand entlang, tolle Gelegenheit fürs Fotografieren.

Jetzt ist es Abend, die „Kinder" sind in einen Pub gegangen, Karl-Heinz ist noch in der Bar, ich sitze hier auf dem Boot, genieße an Deck die Farben der Abenddämmerung und schreibe.

3. Tag

2. Juli

Den Morgen verbringen wir noch einmal mit Einkaufen im dörflichen Supermarkt, mit Spazierengehen und einem köstlichen Mittagessen in einem Gartenrestaurant. Noch genießen wir das Verwöhntwerden, denn auf der Fahrt werde ich meist kochen, damit wir an Bord essen können, auch wenn ich mir das mit dem Selbstkochen noch gar nicht richtig vorstellen mag!

Am Mittag war ich mit Carmen und Mirko in Gandía. Schon die Hinfahrt war ein kleines Abenteuer. Mit Autobussen aus Vorkriegszeiten rumpelten wir über die schlechten Straßen zwischen den einzelnen Dörfern, mussten dreimal umsteigen, bis wir endlich am Strand von Gandía ankamen. Es ist ein mondäner Ort, aus dem Boden gestampfte Luxuswohnungen und einfache Behausungen, Hotels, Supermärkte, Läden, elegante Boutiquen, Cafés und Bars. Für einen Tagesausflug ist es erträglich, aber wenn ich mir vorstelle, meinen Urlaub hier verbringen zu müssen, inmitten von so viel Lärm und Leuten, dann wird mir doch sehr betrüblich zumute. Wenn ich auch immer behaupte, Segeln wäre nicht mein Sport, so liebe ich doch die Weite des Meeres, diese menschenleere Einsamkeit, was nicht bedeutet, dass ich Menschen nicht mag. Aber ich kann sehr gut auf zu viel Trubel um mich herum verzichten.

Karl-Heinz sagt, dass, wenn wir zehn Jahre jünger wären, er sich gut vorstellen könnte, das Haus zu verkaufen, dafür einen großen Katamaran zu erstehen, um die meiste Zeit des Jahres darauf zu leben.

Seine Überlegungen klingen verlockend! Ich teile aber nicht seine Meinung, dass die See die letzte wirkliche Freiheit eines Menschen bedeutet. Diese Freiheit trägt man in sich, sie ist an keinen Ort, an keine Zeit, an keine Umgebung gebunden und hängt auch nicht von äußeren Umständen ab. Allerdings glaube ich auch, dass man vielleicht die wirkliche, innerste Unabhängigkeit doch am ehesten auf dem Meer, in der einsamen Bergwelt oder in der Wüste erleben kann. Aber würde ich eine solche Einsamkeit aushalten können? Ich weiß es nicht.

Andererseits frage ich mich schon, ob wir nicht viel zu abhängig sind von der Umwelt, von Verbraucherdenken, von Luxus und Komfort. Und es stimmt auch, dass wir uns einem enormen Konsumdruck gebeugt haben, dass wir vergessen haben, die richtigen Prioritäten zu setzen, dass wir nicht mehr in der Lage sind, innezuhalten und über Wichtiges zu reflektieren. Hier auf dem Boot, inmitten des Meeres, ausgestattet mit dem Allernötigsten, mache ich mir schon Gedanken darüber, ob man nicht einen gehörigen Schritt zurückmachen könnte, um zu erfahren, dass Verzicht auch Freiheit bedeuten kann. Einfach mal umdenken! Aber ganzjährig auf einem Boot zu leben, ohne Familie, ohne die Kinder? Nein – sie würden mir zu sehr fehlen.

Schluss mit der Grübelei! Eine solche Entscheidung steht ja auch gar nicht zur Debatte.

Heute Abend wird Abschied vom Jachtclub in Oliva gefeiert, wo wir reizende Leute getroffen hatten, wo wir Hilfsbereitschaft und Liebenswürdigkeit kennenlernen durften, wie wir sie im Jachtclub von Laredo seit Jahren vergeblich suchen. Hier in diesem kleinen Ort in der Nähe von Valencia finden wir noch den sportlichen Geist wirklicher Segler, für die ihr Boot kein prahlerisches Statussymbol oder protziges Zeichen von Reichtum ist. Wir scheiden nicht leicht und schließen nicht aus, dass wir in ein paar Jahren vielleicht wieder gen Süden segeln und dann als Endstation wieder Oliva ansteuern werden.

Señor García, der Mechaniker hat den Motor in Ordnung gebracht. Sagt er! Vertrauen wir ihm!

Morgen fängt das Abenteuer an …

4. Tag

3. Juli

Es ist sechs Uhr morgens. Noch hat das Morgenlicht nicht das Dunkel der Nacht überwunden. Ich mache unser erstes Frühstück an Bord. Als der Teekessel anfängt zu pfeifen, kriechen auch die anderen aus ihren Kojen. Verschlafen reiben sie sich die Augen, aber dann sind sie mit einem Male hellwach.

Heute wollen wir aufbrechen, heute stechen wir in See!

Und während wir frühstücken, steigt langsam die Sonne als goldroter, runder Ball über den Horizont, färben sich die Ränder der weißen Wolken, alles ist überhaucht von rosafarbenem Licht. Der neue Tag ist angebrochen.

Der starke Wind der Vortage hat sich gelegt, das Barometer steht auf 1028 mbar, es verspricht ein herrlicher Tag zu werden. Wir werfen die Leinen los, fahren rückwärts vom Steg, durchqueren den schmalen Eingang, der das offene Meer vom Jachthafen trennt. Niemand ist zu sehen, zu so früher Morgenstunde genießt man noch das Ausschlafen in den Ferien. Leer und verlassen zieht sich der Strand an der Küste entlang. Wir setzen die Groß, die Genua und fühlen uns irgendwie sehr vereint in unserer großen Vorfreude auf den Sommer auf See.

Leider rebelliert der Körper noch gegen die ständige Bewegung, er muss sich erst an die Tabletten gewöhnen, sodass ich mich nicht sehr wohl fühle. Auch Carmen scheint unter Seekrankheit zu leiden. Schade, sie war sich sicher, dass ihr Segeln nichts ausmachen würde. So habe ich eine Mitleidende und wir teilen uns die Tabletten.

Auf der Höhe von Calpe reißt prompt der Keilriemen der Wasserpumpe. Gute Arbeit hatte García geleistet! Nun müssen wir unter Segeln in den Hafen von Altea einfahren, das sowieso unser erstes Ziel für diesen Tag sein sollte. Aber doch nicht gleich mit einem technischen Ausfall! Wir rufen in Altea an, man versprach uns, dass wir im Hafen von einem Techniker erwartet würden.

Die erste Einfahrt dieses Törns in einen neuen Hafen hatten wir uns anders vorgestellt. So schleppte man Hillaseven an einen Landesteg, denn mittlerweile wehte auch nicht das leiseste Lüftchen. Aber wir hatten Glück, wir finden einen Mechaniker, der uns den gerissenen Keilriemen ersetzt und vor allem gleich richtig aufzieht.

Das ist ein Nachteil unserer Hillaseven, der Motor ist nur sehr schwer zugänglich und jede Reparatur ist eine Schinderei, weil man mit dem Oberkörper in eine kleine Öffnung kriechen muss, sich zu bewegen ist fast unmöglich, der Kopf hängt drin, der Körper liegt höchst unbequem draußen auf hölzernen Leisten. Es ist in unseren Augen eine absolute Fehlkonstruktion des Katamaranherstellers. Doch darüber wollen wir jetzt nicht nachdenken, wir sind einfach nur froh, dass unsere Panne so rasch behoben wurde. Und um das gebührend zu feiern, machen wir uns auf, Altea, das wir von unserer letzten Reise her bereits kennen, wieder neu zu entdecken.

Was für ein traumhaft schöner Ort. Keine hohen Bettenburgen, kleine Häuser in grünen Gärten, auch einmal ein etwas höheres Wohnhaus, aber immer an den Baustil des Ortes angepasst. Und nachdem wir die Hauptstraße überquert haben, sind wir schon in dem wunderschönen alten Teil des Städtchens, den wir uns aber erst richtiggehend erkämpfen müssen. Unzählige Treppenstufen – ausgetreten und ausgewaschen – führen zum Kirchplatz hinauf. Überall zweigen kleine, saubere Straßen ab. Die alten Häuser, reich mit Blumen geschmückt, weiß und glänzend, einladend im Licht der untergehenden Sonne. Manchmal machen wir Halt, vor allem der Käpten hat so seine Schwierigkeiten, und um ihm wieder neuen Mut zu machen, kehren wir auch mal auf eine der vielen Terrassen zu einem Bierchen ein. Der Ausblick von hier ist bezaubernd und bereitet uns schon auf den Blick vom Kirchplatz aus vor.

Endlich sind wir oben angekommen und wieder sind wir einfach nur begeistert – die trutzige Kirche mit ihrer großen Kuppel leuchtet in allen Farbnuancen. Auf dem blauen Keramikdach spiegelt sich die Sonne, wirft ihr Licht in schillernden Farben über den weiten Platz. Restaurants haben hier ihre Tische und Stühle ins Freie gestellt und rund um den Platz sind Verkaufsstände aufgeschlagen. Aber nicht das, was wir sonst von den Touristenplätzen her gewohnt sind, keine billigen Andenkenläden und fliegende Händler, nein! Hier haben junge Künstler ihre Tische mit eigenen Arbeiten, Lederartikeln, Keramikarbeiten, Holzschnitzereien, Bildhauereien aufgebaut.

Langsam und immer wieder die Auslagen bewundernd, schlendern wir von Stand zu Stand, bis wir auf die andere Seite des Platzes kommen, wo von einer riesigen Terrasse aus der Blick weit ins Land schweift über das kleine Dorf, über den zu Füßen ruhenden Jachthafen, den Fischerhafen bis weit hinaus auf die See. Langsam breitet sich Dunkelheit aus, unten leuchten die ersten Lichter auf und hier oben wird die Kirche angestrahlt. Scheinwerfer tauchen das rötliche Gestein und die blaue Kuppel in ein gelbgoldenes Licht.

Auch an den Ständen sind nicht die hässlichen, gewöhnlichen Neonröhren angebracht, sondern warm leuchtende Glühlampen, sodass der ganze Platz in einem warmen, gelben Glanz erstrahlt.

Die ersten Sterne steigen am nachtdunklen Himmel auf, es ist eine unwirkliche, eine wunderbare Stimmung. Einer der wenigen Orte an der Küste, der seine Persönlichkeit bewahrt hat – das beeindruckt uns tief.

Der Abend endet mit einem lukullischen Essen in einem netten Lokal, bevor wir langsam zur wartenden Hillaseven zurückkehren.

5. Tag

4. Juli

Um 10 Uhr am nächsten Morgen machten wir die Leinen los und liefen aus. Heute hatten wir wenige Seemeilen vor uns. Überhaupt wollten wir diese Küste langsam angehen, um noch ein wenig den Süden Spaniens zu genießen, die Jachthäfen, die Stegs, die Duschen, sodass wir vorläufig nicht zu ankern brauchten. Es war sozusagen der Luxusteil unserer Fahrt in den Norden, und den wollten wir ganz intensiv erleben. So stand heute als Ziel Santa Pola auf dem Programm. Der Himmel war grau bedeckt, die See bewegt, aber im Laufe des Tages klarte es auf, und wir hatten unter Großsegel noch einige sehr gute Segelstunden.

Wie liebe ich diese Augenblicke auf See mit schönem Wetter, auch wenn sich das widersprüchlich anhört, behaupte ich doch auch oft, dass ich das Segeln nicht so mag, was sicherlich meiner Seekrankheit und meiner Furcht vor Wasser geschuldet ist.

Aber auf den Augenblick kommt es an – vorn an der Reling von Hillaseven sitzen, die Beine baumeln lassen, die Gedanken gehen ihre eigenen Wege, der Blick schweift, während Hillaseven in wahrlich majestätischer Ruhe durch die Wellen rauscht. Wir machen etwa 5 Knoten. Ihre beiden Körper tauchen in betulicher Gelassenheit tief in die Wogen, schneiden, teilen, Wasser steigt hoch, perlt ab und mit der nächsten Bewegung heben sich die beiden Körper wieder hoch aus der See. Hillaseven strömt Vertrauen aus. Sie mag nicht elegant sein, ihr fehlt das Schnittige eines Einrumpfbootes, aber ist man einmal einen Katamaran gesegelt, kommt ein anderes Boot gar nicht mehr in Betracht. Die Gemütlichkeit, den Platz, das relativ ruhige Segeln würde ich nicht mehr aufgeben wollen.

Wir brauchen keine Halterungen für die Gläser, Teller und Schüsseln, nichts ist festgeschraubt, es ist eine schwimmende Wohnung und selbst im stärksten Sturm bleiben zumindest in der Mitte des Bootes die Dinge auf ihrem Platz. Und wenn Schränke und Schubfächer richtig fest verschlossen sind, gibt es eigentlich auch in den Seitenteilen keine großen Probleme. Zumindest hatten wir das bisher noch nicht erlebt. Und ich hoffe sehr, dass wir auf dieser Fahrt nicht in Situationen kommen, wo ich in dieser Hinsicht eines Besseren belehrt werde.

Der Blick gleitet über das Wasser. Die stumpffarbige Oberfläche wird durch senkrecht einfallende Sonnenstrahlen aufgebrochen, die den grau-bleiernen Spiegel in eine kristallklare, transparente Welt verwandeln.

Tief unten Sandstrände, dunkle Felsschründe, grünwogende Algenfelder. Vorbeiflitzende Schatten von Fischen und eine riesige Medusa lauert in ihrer weich fließenden Körperlichkeit dem nächsten Fang auf.

Diese tief innerliche Ruhe – ist das Glück? Ist es die Beobachtungsgabe des beginnenden Alters! Und erschreckt mich das nicht? Ich fühle mich eins mit dem Rhythmus von Hillaseven, der unendlichen Bewegung des Meeres, werde Teil dieser Unendlichkeit und die Angst vor dem Altern löst sich auf, denn sie ist Angst vor der Vergänglichkeit. Und als Teil eines Ganzen kann ich doch nicht vergehen, oder? Die Theorie der Energie, die sich umsetzt? Ich weiß es nicht, es ist eher eine Ahnung, nicht greifbar, kaum analysierbar, und doch tröstend.

Vor Backbord taucht am Horizont die flache Insel Tabarca auf, die Alicante vorgelagert ist. Als wir vor drei Jahren in den Süden segelten, machten wir einen Abstecher zu dieser 12 sm von Alicante und 5 sm von Santa Pola entfernten Insel. 150 Bewohner, fast alles Frauen und Kinder, bewohnen dieses karge, steinige, unfruchtbare Eiland. Die Männer sind zum Fischen irgendwo weit im Norden. Ich stelle mir Herbst und Winter in der kleinen Festungsstadt vor, wenn Stürme gegen die 12 Meter hohen Mauern peitschen. Auch im Sommer gibt es wenige Jachten, nur kleinere Boote können an der Hafenmole festmachen.

Tabarca hat eine für das Mittelmeer typische Geschichte. Sie war Stützpunkt für Berberpiraten bis spät ins 18. Jahrhundert hinein, bevor sie auf Befehl des damaligen spanischen Königs durch eine Mauer befestigt und durch die Errichtung von Gebäuden bevölkert wurde, um die Piraten zu vertreiben und den Überfällen auf die Küsten endgültig ein Ende zu setzen. Die Bewohner sind Spanier, deren Vorfahren genuesische Fischer waren, die von der gleichnamigen tunesischen Insel Tabarka gerettet und auf die Insel, die später den gleichen Namen tragen sollte, gebracht wurden. Es sind ganz andere Menschen als auf dem so eng benachbarten Festland – herb, zurückgezogen, ernst.

Abends erst erwacht das Dorf zum Leben, wenn die Frauen zur allgemeinen Wasserverteilung ihre Häuser verlassen. Touristen finden selten den Weg in dieses fremdartige Anderssein.

Manchmal male ich mir aus, dass ich mich an einem solchen Ort für ein paar Monate niederlasse, mit zwei oder drei Bewohnern spreche, ob sie sich vorstellen könnten, mir ihr Leben zu erzählen, das ich dann, eingebettet in die Geschichte der Insel, zu einem Roman verarbeite. Träume, die nie zu verwirklichen sind – sind sie deswegen weniger schön?

Als die Insel in der Dämmerung versank, näherten wir uns Santa Pola, wo wir um 18 Uhr 30 anlegten.

6. Tag

5. Juli

Nachdem wir noch einmal mit kindlicher Freude die Wonnen der sauberen Duschen in dem überaus gepflegten Jachtclub von Santa Pola genossen hatten, legten wir um 10 Uhr vom Steg ab.

Nach anfänglicher Windstille kam gegen Mittag Wind aus Südsüdost auf und mit drei bis vier Beaufort segelten wir unter Genua, Groß und Staysail an der langen Küste des Mar Menor entlang. Was hat man aus diesem Küstenstreifen in allerkürzester Zeit nur gemacht – ein absolut hässliches Touristenzentrum mit Hochhäusern in allen Formen und Farben. Man hat den Eindruck, als hätte man hier allen Architekten erlaubt, ihre absurdesten Bauwünsche und -vorstellungen zu verwirklichen und auszutoben. Und ein wenig ängstlich frage ich mich schon, wo nehmen diese vielen Menschen nur all das Wasser her? Die ganze Südküste muss doch längst von den eisernen Grundwasserreserven leben? Wer ist zuständig für so viel Verantwortungslosigkeit? Wer zieht die Entscheidungsträger zur Rechenschaft? Das ganze Land vertrocknet, es verdurstet.

Und am allerschlimmsten ist, dass der Touristenstrom mittlerweile von Jahr zu Jahr nachlässt, und trotzdem wird zügellos weitergebaut. In den wenigen Jahren, die wir jetzt im Süden gesegelt sind, stellten wir mit Beklemmung fest, dass immer weitere, größere Hotelkomplexe aus dem Boden gestampft werden, die dann leer stehen und selbst in der Hauptsaison nicht mehr öffnen, weil keine Buchungen vorliegen.

Wir hörten von einem Luxushotel mit 500 Betten, das für den Monat August, also im Hochsommer, ganze 50 Reservierungen hatte. Der Besitzer entließ seine Angestellten mitten im Ferienmonat in die Arbeitslosigkeit und machte das Hotel dicht. Und dennoch nimmt dieser Wahnsinn kein Ende …

In Punta de Palo legten wir längs der Kaimauer um 17 Uhr an. Als wir die enge Einfahrt, die auf der Backbordseite von flachen Felsen bei Niedrigwasser gesäumt ist, durchfuhren und in den kleinen Fischerhafen einbogen, war es uns, als wären wir in eine andere Welt eingetaucht. Die Straßen, die niedrigen Häuser, das scheinbare Fehlen jeglicher Fortschrittlichkeit erweckte den Eindruck, als wären wir im tiefsten Orient gelandet. Es erinnerte mich unwahrscheinlich an unsere Zeit in der Türkei, damals in den Sechzigerjahren, als wir zwei Jahre in Ankara lebten und den dunklen Menschenschlag, die Armut, den Staub, die sengende Sonnenhitze in den fernen, anatolischen Dörfern kennenlernten.

Ich machte mich gleich mit meiner Kamera auf, denn Motive gab es mehr als genug. Beim näheren Hinschauen schwand dieser anfänglich empfundene, orientalische Eindruck. Zurück blieb ein armseliges Fischerdorf, ein paar heruntergekommene Touristen, offensichtlich drogenabhängig, Fischer, die in der staubigen Sonne am Kai die kleinsten Fische in ihre Plastikeimer stopften, einige Restaurants – in einem davon aßen wir sogar recht gut zu Abend – zwei kleine Supermärkte und der Hinweis, dass wir alles, was wir haben wollten, im nahen Manga del Mar Menor finden würden. Wir schauten uns entsetzt an – sechs Kilometer durch eine wüstenähnliche, sandige Umgebung laufen! Noch dazu bei dieser Hitze, um in einem so überlaufenen Ort wie Mar Menor anzukommen?!

Unser Käpt'n war der erste, der ganz energisch verneinend den Kopf schüttelte und der Rest der Crew, der ja immerhin sehr gerne läuft, entschied sich ebenfalls dagegen.

„Ist ja auch nicht lebensnotwendig", fasste Mirko unser Nein zusammen und einträchtig gingen wir wieder an Bord zurück, erfüllt von dem Gedanken, nach Hause zu kommen und wieder einmal dem Lärm, der Hetze und auch der Anstrengung entkommen zu sein.

7. Tag

6. Juli

Heute Morgen war uns das Glück nicht hold und wir haben – ehrlich gesagt – segeltechnisch ziemlich versagt. Wenn es auch ein Irrtum war, so sind diese Irrtümer im Grunde unentschuldbar, denn es hätte uns in diesem Fall das Boot kosten können, für einen anderen wäre es vielleicht lebensgefährlich gewesen.

Aber erst einmal von Anfang an: Wir legten wie gewohnt von der Kaimauer ab und wollten aus dem Hafen auslaufen, hatten aber nicht mehr bedacht, dass die Boje, die inmitten der Hafeneinfahrt schwamm, nicht etwa den Rechts- und Linksverkehr regelte, sondern alle Schiffe darauf aufmerksam machen sollte, dass man auf dem gleichen Weg, wie man eingefahren war, auch auslaufen musste, denn die Boje markierte den Felsenbereich, der uns gestern bereits aufgefallen war. Nun, langer Rede, kurzer Sinn, statt links von der Boje vorbeizuziehen, lenkten wir Hillaseven rechts vorbei und direkt auf die Felsen zu, die sich hier meterweit und flach über den gesamten Untergrund hinzogen.

Wir saßen fest!

Das ist vielleicht das schlimmste Geräusch, das man mit seinem Boot erleben kann, dieses schabende, ruckelnde, stoßende Schleifen, wenn man auf Felsen aufsitzt. Jede Bewegung, jedes Kratzen und Rumpeln spürt man wie einen dumpfen Schmerz am eigenen Körper. Es mag übertrieben klingen, aber am liebsten würde man seine Hand zwischen Fels und Schiffskörper legen, um so den Zusammenstoß zu verhindern.

Da lag sie, unsere stolze, geduldige, sanftmütige Hillaseven und bewegte sich nicht vor und nicht zurück, vorn saß sie fest.

Ich wollte noch rufen: „Mirko nicht!", aber er war bereits ins Wasser gesprungen und versuchte, das Boot zu schieben.

Jedoch die Wellen vereitelten jede hilfreiche Bewegung. Schaffte er es, Hillaseven auf der einen Seite ein wenig vom Felsen wegzubekommen, saß sie auf der anderen Seite umso fester auf. Wir konnten sie nur rückwärts ziehen, selbst mit dem Motor war da gar nichts zu machen. Wegen des niedrigen Wasserstandes in dieser Hafeneinfahrt waren wir ja absichtlich bereits bei Flut aufgebrochen, es hatte also auch keinen Sinn, eine andere Gezeit abzuwarten.

Mir zitterten die Knie, denn ich sah uns schon hier in Palo festsitzen mit einem aufgerissenen Boot, ohne Schiffswerft und wahrscheinlich auch ohne die finanziellen Möglichkeiten, so etwas überhaupt zu reparieren. Nun war auch Carmen ins Wasser gesprungen, sie und Mirko standen auf einem flachen Felsplateau und versuchten mit vereinten Kräften zu schieben. Auch ich bot selbstverständlich meine Hilfe und Kraft an, aber es war einfach sinnlos, wir konnten keine vier Tonnen bewegen, und je mehr sie drückten und Kraft anwandten, umso unbeweglicher saß Hillaseven fest. Ratlosigkeit und Verzweiflung machten sich breit.

Nach einer Weile näherte sich ein Fischerboot mit drei Männern. Wir baten sie, mit einer Leine und mithilfe ihres Motors Hillaseven nach hinten wegzuziehen. Mittlerweile hatte Mirko einen Anker weit hinten an der Mole zu Wasser gelassen. Der Junge schuftete unwahrscheinlich, während die Menge der Gaffer und Lacher an Land immer größer wurde. Es gibt wirklich nichts Hilfloseres, Beschämenderes und gleichzeitig Ärgerlicheres als bei einer solchen – noch dazu selbst verschuldeten – Panne beobachtet und verlacht zu werden, ohne dass sich auch nur eine Hand rührte, um uns zu helfen. Auch die drei Fischer meinten, sie hätten keine Zeit für so etwas und … fuhren davon!!! Mit offenem Mund starrten wir ihnen nach. War das etwa ein seemännisches Verhalten? Aber … was diese Menschenfreundlichkeit betrifft, sollte es noch viel schlimmer kommen.

Vorläufig fanden wir erst mal Hilfe von einer Seite, von der wir es gar nicht erwartet hatten. Ein alter Mann war auf der gegenüberliegenden Seite der Hafeneinfahrt, wo wir eigentlich hätten durchfahren müssen, ins Wasser gestiegen und rief uns zu, wir sollten ihm eine Leine, die so lang wie möglich wäre, zuwerfen. Mirko schwamm mit einer solchen zu ihm hinüber. Und nun waren noch drei, vier andere Männer, alles ältere Leute, auf die Absicht des alten Mannes aufmerksam geworden und übernahmen ebenfalls das Ende dieser Leine und mit vereinten Kräften zogen sie Hillaseven nun mit ihrer Breitseite von den Felsen runter, während unser Käpt'n mit Gegenruder und Mithalten und Beidrehen das Seinige dazu beitrug, dass Hillaseven endlich von ihrem felsigen Untergrund befreit wurde.

Nun galt es, den ausgeworfenen Anker einzuholen. Die Gaffer hatten sich mittlerweile verdrückt, man hätte ja eventuell jetzt doch noch um Hilfe gebeten werden können. Wieder fuhr ein Fischkutter aus, noch dazu direkt am ausgeworfenen Anker vorbei. Wir wollten ja noch nicht einmal, dass er uns diesen eventuell einholen sollte.

Mirko, der mit seinen Kräften fast am Ende war, war mittlerweile rüber geschwommen und bat nur darum, dass man ihm die Leine reiche, an der sie greifbar nahe vorbeikamen, damit er sich an ihr vorwärtshangeln und den Anker hätte einholen können. Ihre Antwort: „Wir haben keine Lust, mach deinen Kram allein!" Wir waren so bass erstaunt, dass wir noch nicht mal Wut empfinden konnten, die stellte sich erst später ein. Wie war eine solche Handlungsweise nur möglich, wo man doch jedes Jahr immer wieder mitbekommt, wie freiwillige Helfer im Winter bei Sturm und hoher See ihr Leben riskierten, um ein paar Fischer vor dem Untergang zu retten, die entgegen allen seemännischen Regeln bei schlechtem Wetter trotzdem zum Fischen aufgebrochen waren! Wo auf See das Gesetz gilt, dem anderen zu helfen, wer weiß denn, ob man selbst nicht eines Tages auf eine solche Hilfe angewiesen sein könnte? Nur weil wir Touristen waren, galten diese Gesetze plötzlich nicht mehr? Die Männer, die uns nun wirklich rausgezogen hatten, regten sich ganz schrecklich über so viel Unsportlichkeit, nein, eigentlich Frechheit auf, während wir uns wieder und wieder bei ihnen bedankten, vielleicht auch, um selbst mit unserer ohnmächtigen Wut fertig zu werden. Nie zuvor und nie danach haben wir einem Hafen so gern den Rücken zugekehrt wie diesem und sollten wir jemals wieder in den Süden segeln, werden wir dort bestimmt nicht mehr halten. Von unserer eigenen Blamage mal ganz abgesehen. Jedenfalls hatte Mirko, unser erster Offizier, seine Sache ganz phantastisch gemacht, wenn er auch, wie bei ihm üblich, keinerlei Aufhebens darüber machte.

Und Hillaseven? Sie schien unversehrt, aber nach ein paar Meilen stellten wir fest, dass das Log ausgefallen war. Von Bord aus gemachte Anstrengungen, das Log wieder in Gang zu bringen, was wir schon ein paarmal in all den Jahren gemacht hatten, nutzten nichts, es blieb stumm und rührte sich nicht, womit eine große Segelhilfe weggefallen war. Nun mussten wir uns auf Schätzungen und Messungen verlassen. Gut, dass unser Käpt'n während all der Törns doch bereits ein Gefühl für die Geschwindigkeiten von Hillaseven bekommen hatte und dementsprechend reagieren konnte.

Im Laufe des Tages blies der Levante, wie der Wind des Ostens genannt wird, mit 5 bis 6 Beaufort. Hillaseven lief unter der Genua mit 6 Knoten in Richtung Cartagena, wo wir bereits am frühen Mittag festmachten.

Schon auf der letzten Fahrt waren uns die monströsen Schornsteine von Cartagena und die hässliche Gegend aufgefallen und eigentlich hatten wir gar nicht vorgehabt, hier einen Landfall zu machen. Aber wir wollten versuchen, hier das Log zu reparieren. Die Hafenlage ist bei Levante äußerst ungünstig, der Wind nahm an Stärke noch zu, und wir waren durch einen sehr unangenehmen und starken Schwell im Hafengebiet auf einem überaus unruhigen Platz gelandet. Man kann sowieso kaum von Hafen sprechen, es ist ein reines Industriegebiet, das zwar etwas abseits liegt, aber doch seine Abgase, Giftwolken und die hässliche Stadtsilhouette nicht verbergen kann. Abgesehen davon ist Cartagena auch ein Marinestützpunkt, und die Kriegsschiffe laufen auf Volltouren zu ihren Liegeplätzen, eine Fahrt, die immer an den paar hier festgemachten Jachten vorbeiführt und so die eh starke Schwankung der Boote noch steigert. Wir konnten das Log nicht reparieren, so unglaublich das auch für einen Industriehafen klingen mag. So machten wir uns wenigstens zu einem Stadtbummel fertig. Aber auch das war kein Erlebnis. Schon beim Verlassen des Jachtclubs meinte der Portier: „Bleiben Sie dicht beieinander, halten Sie Ihre Taschen fest und seien Sie lieber gegen Abend wieder zurück."

Auf unsere Frage nach dem Warum, meinte er noch: „Die meisten Überfälle kommen von ausländischen Touristen. Die machen sich einen Sport daraus, Handtaschen zu entreißen, einen zu überfallen und auszurauben."

Na, das hatte uns heute gerade noch gefehlt! Wir verließen das Hafengelände schon recht skeptisch. Als wir auf der Hauptstraße dieses unwirtlichen Ortes in einer Cafetería nach einem Bankautomaten fragten, bekamen wir die zweite Warnung. Wenn wir Geld abheben wollten, sollten wir dicht zusammenbleiben. Es wären eigentlich keine richtigen Banden, die die Stadt so unsicher machten, sondern eher pubertierende Jugendliche, die auf diese Art an schnelles Geld kommen wollten und so zum schlechten Ruf der Stadt beitrugen. Wir unterdrückten die Frage nach der Polizei.

Unsere Lust auf große Spaziergänge war damit endgültig vergangen. Und da die Stadt wirklich nichts, aber auch gar nichts zu bieten hatte – ganz im Gegenteil, in den wenigen, recht nett angelegten Parkanlagen balgten sich Kinder in den bunt angelegten Blumenbeeten rund um einen Brunnen und machten damit auch noch das wenige Schöne kaputt, während ihnen die Erwachsenen lachend zuschauten – hatten wir dann endgültig genug und beschlossen, an Bord zurückzugehen. Vielleicht noch einen letzten Drink an der Bar im Jachtclub, aber damit wollten wir diesen Tag als abgeschlossen betrachten. Ich hatte noch nicht einmal ein einziges Foto gemacht – das allein sagte schon viel aus!

Was bin ich froh, die große und vor allem helle Kajüte zu haben, so kann ich mich doch manches Mal zurückziehen und allein sein, was mir unsagbar wichtig ist. Ob so viele untätige Stunden, die ich gezwungenermaßen wegen der Seekrankheit akzeptieren muss, nicht doch irgendwie sinnlos

vergeudete Zeit sind? Wenn ich mich das so ganz nüchtern frage, dann möchte ich diese Frage fast bejahen. Ich kann ja nur schreiben, wenn wir in den Hafen eingelaufen sind, den Rest des Tages bin ich entweder an Deck in der Sonne oder schlafe die Wirkung der blöden Biodramina aus, obgleich Carmen und ich uns jetzt schon langsam an die Medikation gewöhnt haben und nicht mehr so sehr müde sind. Wieso segele ich unter diesen Umständen überhaupt mit? Und dann ärgere ich mich über solche Zweifel, über eine solche Frage. Werden diese, ich nenne es mal lapidar, Unannehmlichkeiten nicht vielfach entschädigend aufgewogen mit diesem einmaligen Gefühl der Freiheit? Genieße ich nicht diese wunderbare Einsamkeit, die sanfte Bewegung des Wassers, die Musik des Windes in den Segeln, diese unbegrenzte Weite, die Unabhängigkeit, das schlichte Leben, an das ich mich immer sofort gewöhne und in dem ich Luxus überhaupt nicht vermisse. Gewinnt man nicht gerade beim Segeln einen heilsamen Abstand zu all den kleinen oder auch größeren Kümmernissen des normalen Alltags?
Alles überzeugende Argumente, wenn … ja wenn nicht diese Übelkeit und ständig lauernde Angst wäre. Aber ist Angst nicht eigentlich die einzige Form des Überleben-Könnens an Bord? Haben nicht auch Menschen, die jahrelang um die ganze Welt gesegelt sind, in ihren Büchern und Berichten über Angst geschrieben, Angst eingestanden, Angst als dazugehörig angenommen? Warum versuche ich dann immer, vor mir selbst und vor allem vor den anderen mutiger sein zu wollen, als ich es bin und schäme mich meiner Angst, wenn ich sie einmal nicht kontrollieren kann? Wie viel Angst wird mir dieser Törn noch bescheren und wann kann ich mich endlich ruhig und überlegen dazu bekennen?

8. Tag

7. Juli

Nachdem die ganze unruhige Nacht hindurch ein heftiger Levante geblasen hatte, der sich gegen den Morgen allerdings etwas legte, nutzten wir die Windstille, um die Leinen von diesem unangenehmen Hafen loszuwerfen und auszulaufen. Leider hatte sich der Wind nun so weit gelegt, dass wir die nächste Strecke unter Motor zurücklegen mussten. Ohne Log musste Karl-Heinz die Geschwindigkeit mit der Stoppuhr messen und durch Kompasspeilungen die Positionen überprüfen, obgleich die Satellitennavigation eine große Hilfe bedeutete.

Später am Tag frischte der Levante aus Osten auf, und wir konnten die Genua setzen. Um 13 Uhr 45 ankerten wir in der Bucht von Aguila, nachdem im Jachthafen kein Platz mehr gewesen war. Mit Otto, so hatten wir unser kleines Beiboot getauft, das uns nun schon jahrelang so treue Dienste tat, ruderten wir an Land, während unser Käpt'n es vorzog, an Bord zu bleiben.

Wir waren gestern so enttäuscht gewesen von Cartagena, sodass wir heute unbedingt einen anderen und hoffentlich schöneren Ort kennenlernen wollten.

In der Silhouette von Aguila fiel vor allem die hoch über dem Dorf thronende Windmühle auf, die einen alten Dorfkern versprach. Wir liefen die Strecke der Strandpromenade entlang, wo sich der spanische Tourismus mit seinen Wohnblocks niedergelassen hatte, und stiegen dann kleine steile Gässchen hinauf in den alten Ortsteil. Und hier fanden wir endlich doch noch typische, kleine geduckte Häuser, die ihren weißen Anstrich durch reichlichen Blumenschmuck unterstrichen. Abgetretene Stufen und Treppen führten zur alten Windmühle – wie viele Menschen wohl hier bereits in all der langen Zeit hoch- und runtergelaufen sind? Vom Hügel hatten wir einen herrlichen Blick weit über den Hafen und die grüne Bucht hinaus. Vor den Häusern saßen wie eh und je die alten Frauen in ihren schwarzen Kleidern, die alten Männer, spielten Kinder, versuchte man abseits des großen Touristenrummels weiterhin sein gewohntes Dorfleben zu führen.

Und wieder einmal malte ich mir aus, wie in diesen Dörfern vor allem die alten Menschen eine gewisse Hilflosigkeit und auch ein Ausgeliefertsein an die Moderne, die sie vielleicht gar nicht akzeptierten, spüren mussten. Die Neuzeit, jetzt auch eingekehrt in Spanien, hat doch ihr Leben von Grund auf verändert. Die vielen ausgewanderten Familienmitglieder, der Fortschritt, die politische Wende, die in den letzten fünfzehn Jahren so rasant in ihr Leben eingegriffen hatte. Ich versuche, mir vorzustellen, wie eine ländliche, in ihren Traditionen und Sitten tief verwurzelte Gemeinde von all den Dingen überrollt wird, die sie sich zuvor noch nicht einmal ausmalen konnte. Da ist dieses Bekleidungsgeschäft, in dem halb nackte Schaufensterpuppen aufreizende Unterwäsche und sinnliche Dessous zeigen, in einer Welt von Frauen, die noch immer völlig schwarz gekleidet mit dunklem Kopftuch ihr Frausein verbergen.

Ich erinnere mich daran, wie ich zum ersten Mal in Madrid lange Hosen trug und meine spanische Bekannte entsetzt darüber war – Männerkleidung für eine Frau! Und als ich einmal meinen Mann, den ich auf dem Weg zur Arbeit ein Stück begleitete, mit einem einfachen Kuss verabschiedete, da war das Urteil über mich gesprochen. Über die Empörung einer vorübergehenden Frau muss ich heute noch lachen!

Und jetzt müssen diese Frauen, die noch nicht einmal so alt sein mögen und die trotzdem in der Gewohnheit der letzten Jahrzehnte leben, mit halb nackten Touristen, mit Pubs und Diskotheken in jeder Gasse, mit dröhnender, bis tief in die Nacht tobender moderner Musik fertig werden.

Sie müssen aber auch mit dem plötzlichen Geld zurechtkommen, das diese neue Einnahmequelle ihnen bietet. Wünsche werden geboren, die vom eigenen Lebensstil her gar nicht verkraftet werden können. Aber im Fernsehen wird es doch gezeigt, wie kann man denn glücklich sein ohne all dem, was dort angepriesen wird, wenn die halbe Welt davon abhängig ist? Wie viel Menschen in diesen kleinen Dörfern mögen sich im Stillen nach der Abgeschiedenheit sehnen, nach einem traurig-leisen Flamenco, nach den Abenden im Schatten der Windmühle, nach der Ruhe einer mondbeschienen Sternennacht, wo nur das ewige Rauschen der Wellen die Stille unterbricht. Wie viel Unzufriedenheit, Neid und auch Hass mag diese neue Ära in diese kleinen Dörfer getragen haben? Nachdenklich gehe ich an Bord zurück …

9. Tag

8. Juli

Leichter Wind aus Südsüdost. Wir heben um 9 Uhr 30 den Anker, setzen Groß und Genua, als gegen Mittag besserer Wind aufkommt. Aber diese Freude hält nicht lange vor, es hat sich eine üble Kreuzsee aufgebaut, die Wellen kommen von Ost und Süd und aus dem so sehr gewünschten Segelwetter ist ein hartes, unbequemes Vorwärtskommen geworden, obgleich wir immerhin einen Durchschnitt von 5,7 Knoten gemacht haben.

In San José legen wir um 17 Uhr 20 am Steg an und nach einem langwierigen Kampf mit unserem uns zugewiesenen Bootssteg, der zu schwer, zu unhandlich und obendrein auch noch zu kurz ist, gehen wir an Land. Vom Duschen im winzigen Club Naútico nehmen wir Abstand, da wir von früher her wussten, dass es hier nur Salzwasser gab. Dafür machten wir einen Spaziergang durch das Dorf.

Dorf? Sollte man diesen Namen nicht für eine natürlich gewachsene Ansiedlung aufheben? Denn San José ist aus dem heißen und unfruchtbaren staubigen Boden dieser Küste regelrecht herausgestampft worden. Dennoch gibt es sehr schöne Häuser, man hat mit Geschmack geplant und auf Hochhäuser und Wohnsilos verzichtet.

In einer kleinen Cafetería haben wir das Endspiel Deutschland gegen Argentinien gesehen und meine Freude über Deutschlands Fußballsieg war richtiggehend national gefärbt! Was eigentlich nicht meine Art ist. Und ich schäme mich auch nicht für solche Gefühle. Sollte ich mich für Argentinien freuen?

Ich fühle mich zwar nirgends wirklich daheim, außer in der Sprache, aber trotzdem kann ich mich doch über den Sieg Deutschlands freuen. Das hat mit Nationalismus wenig zu tun. Außerdem ist es morgen schon wieder vergessen. In der Cafetería waren die deutschen Touristen absolut in der Überzahl, was man am Geschrei, wenn ein Tor geschossen wurde, durch die spanischen Dorfstraßen dröhnen hörte.

Heute gingen wir früh zu Bett, wir mussten ja eine Menge Schlaf nachholen.

10. Tag

9. Juli

Die 37 sm von San José nach Almerimar führen an zimtfarbener Küste entlang. Wir haben weniger Seegang und herrlichen Segelwind, sodass wir die ganze Strecke segeln können. Die Gleichfarbigkeit der Küste verschwimmt am Horizont mit dem Dunstschleier des Himmels. Kein weißes Haus, kein rotes Dach, keine grünen Wiesen unterbrechen den safrangelben Ton der Felder, die sich meilenweit über den Hängen und Hügeln des Festlandes hinziehen. Weite Strecken sind allerdings mit Plastik abgedeckt, darunter wächst Obst und Gemüse für den ohnehin schon übersättigten Markt unseres Europas, das später dann die Ernten vernichtet und wegwirft. Um sie an Arme zu verteilen, fehlt das Geld. Es zählt der Profit, während die Erde ausgelaugt und ihr der letzte Tropfen des in dieser Region so dringend benötigten Grundwassers entzogen wird.

Ein seltsam schattenloses Licht liegt über der Landschaft. Ich möchte es gern mit der Kamera einfangen, aber ich bin mir bewusst, dass man Licht nicht erfassen kann. Nur seine Wirkung wird später auf dem Bild zu sehen sein. Und ich wäre enttäuscht. Was nicht selten geschieht, denn die Kamera gibt lediglich ein zweidimensionales Bild der Wirklichkeit wieder, kann aber leider nicht die Landschaft, die mein inneres Auge erkennt und mit tief empfundenen Gefühlen ausschmückt, nicht im Entferntesten erfassen. So erscheint mir das Ergebnis manch einer Fotografie armselig, denn den festgehaltenen Augenblick hatte ich ganz anders in Erinnerung.

Almerimar soll einer der größten Jachthäfen Andalusiens werden. Warum werden? Weil er bereits vor drei Jahren im Bau war und es immer noch ist. Die Anlagen sind sehr weitläufig, bis wir zu den Duschen gelangen, müssen wir einen richtigen Fußmarsch zurücklegen. Nicht zu reden von der Wäscherei.

Zum ersten Mal denke ich, ein Fahrrad an Bord wäre gar nicht so schlecht. Hier weite Spaziergänge zu planen scheitert daran, dass wir in der Nähe von Almería im heißesten Gebiet Spaniens mit den geringsten Niederschlagsmengen sind. Man sagt, dass es hier weniger regnet als in der Sahara und wenn man einen Spaziergang außerhalb der künstlich angelegten Wiesen und Gärten der Marina macht, zweifelt man nicht an dieser Behauptung. Staub und Trockenheit, ja Dürre und viele Steine charakterisieren die Landschaft.

Nach unserem gemeinsamen Spaziergang ist der Rest unserer lieben Crew noch in der Bar des Clubhauses hängen geblieben, während ich allein an Bord zurück bin. Ich mag die Atmosphäre in den Bars nicht, vor allem, wenn man selbst nicht trinkt und der innere Abstand zu den anderen, die sich langsam mit Bier volllaufen lassen, immer größer wird.

Ich sitze lieber an Deck, eingehüllt in die Wärme der Sommernacht unter einer strahlenden Sternenpracht und denke ganz allgemein über Zusammenleben, Freundschaft und Liebe nach. Ich glaube, dass kein Mensch von seiner innersten Natur her treu ist. Deshalb würde ich „treu" auch nicht als Adjektiv analysieren, sondern als Adverb, auf Deutsch also ein Umstandswort. Warum? Weil die jeweiligen Umstände für die Treue verantwortlich sind. Entweder man ist zu bequem oder das Risiko lohnt sich nicht oder man ist überzeugt davon, keinen besseren Partner zu finden als den,

den man hat. Kein Mensch kann für den anderen alles sein. Ich bin überzeugt davon, dass es entweder eine körperlich-sexuelle Übereinstimmung gibt oder die geistige Ergänzung und die seelische Bindung. Im besten Fall findet man im Partner von jedem ein bisschen was oder auch ein wenig mehr, aber es wird nie eine Vollendung sein, eine ineinander aufgehende Ergänzung. Was natürlich nicht nur für den Partner gilt, sondern auch für einen selbst. Immer bleibt ein Reich, das sich nicht öffnet, ein Teil, der sich nicht hingibt, ein Winkel, in dem man ganz und gar allein ist und wartet und sich sehnt und den man doch nicht preisgeben möchte. Es ist ein Zwiespalt zwischen dem Begehren nach Vollendung und der Angst vor dem Verlust des Ich-Gefühls.
Toll, was einem so allein an Bord alles einfällt! Lädt die Atmosphäre auf einem Boot neuerdings zum Philosophieren ein? Wie schön, wenn man über sich selbst lachen kann. Am Himmel steht gelb-bleich die Sichel des abnehmenden Mondes.

Mondlichtstraße
weist den trunkenen Segeln den Weg -
über silbern glänzende aufsteigende Höhn
in dunkel lockende Wellentäler.
Wind ist die Bewegung der Nacht (H. M.)

47

11. Tag

10. Juli

Mit leichtem Wind gehen wir von Almerimar auf die Strecke nach Motril, das unser nächster Hafen sein soll. Die Küste ändert sich, wird bergiger, grüner. Schmale Wege klettern die kahlen Hügel hinauf.

Ins Spiel der Linien male ich die Bilder meiner Phantasie, sehe den ausschauhaltenden Araber auf einem trutzigen Turm, der sich gegen den Himmel abzeichnet. Male kleine graue Esel, die sich den engen Pfad hoch quälen, auf ihrem Rücken geduckt die hockende Gestalt des Tagelöhners, der zu den Zuckerrohrfeldern unterwegs ist, deren süßlicher Geruch die klare Luft erfüllt. Und fern aus dem Dunst steigen die schneebedeckten Gipfel der Sierra Nevada auf, weiß leuchten sie im hohen Blau des Himmels. Es ist eine spanische Landschaft, Zuckerrohr und Bananenbäume und dazwischen die weißen Dörfer Andalusiens, verlassene Arabertürme, Sonne, Staub und Hitze.

Im Hafen von Motril legen wir um 16 Uhr 30 an. Der Jachthafen wäre mit eigenem Restaurant und Schwimmbad eigentlich schön, aber leider ist er so ungepflegt, dass wir diese Schönheit gar nicht genießen können. Die Duschen sind eine sanitäre Katastrophe, die einzigen, die sich hier offensichtlich wohlfühlen, sind die riesigen Schaben, die, aufgescheucht durch das Licht, in dunkle, schmierige Ecken verschwinden.

Außerdem liegt der Jachtclub ziemlich weit vom Ort entfernt, wo wir heute Abend nicht mehr hingehen wollen, da wir vorhaben, mit Carmen und Mirko morgen nach Granada zu fahren, das beide noch nicht kennen. So nehmen wir noch einen Drink in der Bar des Clubs und gehen danach an Bord. Ich sitze noch ein wenig allein an Deck und denke an Madrid – an den Himmel über der Millionenstadt.

Tagsüber gezeichnet von den Spuren unzähliger Flugzeuge, die das endlose Blau zerschneiden, aber nachts scheint er zu verschwinden, denn die Sterne werden vom Licht tausender Straßenlaternen und Leuchtreklamen ausgelöscht.

Aber hier und jetzt? Ein Meer fremder Welten breitet sich über mir aus. Ich denke an die Worte meiner Mutter: „Wenn wir tot sind, treffen wir uns alle an der Deichsel des Großen Wagens wieder." Welch eine tröstliche Vorstellung.

Leise war Karl-Heinz hinter mich getreten: „Kannst du auch nicht schlafen?" Er setzte sich neben mich – wir schwiegen, vereint in einer alles umarmenden gegenseitigen Zärtlichkeit.

12. Tag

11. Juli

Heiß war dieser Sommermorgen, als wir schon um 8 Uhr 15 mit dem Bus nach Motril aufbrachen. Dort erlebten wir erst einmal ein echtes Organisationschaos. Obgleich wir schon sehr frühzeitig am Busbahnhof waren, wollte man uns keine Karten verkaufen. Wir bekämen sie angeblich beim Schaffner selbst. Der Kartenverkäufer sagte uns aber nicht, dass der Bus bereits voll besetzt hier in Motril von Almería aus ankommen würde und dass gar nicht daran zu denken war, dass wir Karten bekämen.

Der Protest unter den wartenden Spaniern war dann auch dementsprechend lautstark, sodass man versprach, einen weiteren Bus nach Granada einzusetzen, was auch eine halbe Stunde später geschah. Es war eine erlebenswerte Fahrt durch die bergige Landschaft, durch die kleinen, typischen Ortschaften und auf teils versteckten Nebenstraßen, da dieser Bus die Fahrgäste zu den abgelegensten Dörfern brachte. Als wir dann endlich in Granada ankamen, war es bereits hoher Mittag. Zuallererst besorgten wir unsere Rückfahrkarten, damit wir nicht wieder die gleichen Probleme wie auf der Hinfahrt hätten.

Während wir warteten, bekamen wir den ersten Eindruck von der Armut dieser Stadt. Bettelnde, unwahrscheinlich schmutzige Frauen strichen durch die Schlangen der Wartenden, aber irgendwie hatte ich das Gefühl, dass es ihnen weniger aufs Betteln als aufs Stehlen ankam. Ihre Blicke hingen begehrlicher an Handtaschen und Gepäck als an dem Angebettelten.

Es war ein so deprimierender Eindruck, dass er mich anfänglich fast in meinem Unternehmungsgeist lähmte.

Erst dachten wir, dass auch die Alhambra, wie alle öffentlichen Gebäude, Kirchen und Museen, um die Mittagszeit geschlossen hätte. Aber der Taxifahrer, den wir für die Fahrt zur Alhambra anhielten, unterrichtete uns darüber, dass diese ganztägig geöffnet sei. Was ja eigentlich logisch war, denn nur wenige Menschen werden, wie wir, in vier oder fünf Stunden durch die gesamte Anlage rennen. Ich kann nur von Rennen sprechen, denn um wirklich zu schauen und alles erfassen zu können, müssten wir uns dort tage- nein, monatelang aufhalten. So bekommen wir nur einen Eindruck der herrlichen Höfe, der hohen Räume, die sich in unsagbarer Harmonie aneinanderreihen.

Michener schreibt in seinem Buch „Iberia": *Es ist, als folge man einem Musikstück, in dem sich die Klänge mit innerer Notwendigkeit aneinanderreihen und so wandert man wie im Traum weiter, immer aufs Neue überrascht über so viel Schönheit und Harmonie.*

Es war nicht das erste Mal, dass wir in Granada und damit natürlich auch in der Alhambra waren, aber nie sind wir mit einem kundigen Führer durchgegangen, auch nie mit der entsprechenden Literatur und Erläuterungen. Bei einem solchen Besuch sollte man sich allerdings nicht den Hochsommer mit seinem nicht abreißenden Touristenstrom aussuchen, der die ohnehin kaum erträgliche Hitze noch drückender machte.

Es wäre wirklich mein Wunsch, einmal im Frühjahr hierher zu kommen, wenn nur wenige an der Kunst und der Kultur interessierte Menschen in diesen Mauern nach den Spuren der Araber suchen und mit Ruhe und Besonnenheit jedes

Detail, jeden Bogen, jede Decke, jeden Hof studieren und erfassen. Es muss ein einmaliges Erlebnis sein, in den Gärten der Alhambra im Mai zu spazieren. Ein einziger Tag, um diese Pracht wirklich kennenzulernen, ist einfach zu wenig. Und wenn man von hier oben über Granada schaut, wenn man im Schatten eines Turmfensters ruht, wie ich es wenigstens für einen Augenblick lang genießen konnte, wenn man die glitzernden Perlen der vielen Springbrunnen und Wasserspiele beobachtet, glaubt man an die Legende, die berichtet, dass Boabdil, einst der Emir von Granada, bitter den Verlust der Stadt beweinte. Und seine Mutter zu ihm sagte: „Du tust wohl daran, mein Sohn, wie ein Weib über den Verlust dessen zu weinen, was du nicht wie ein Mann zu verteidigen vermochtest."

Der Löwenhof mit seinem zwölfeckigen Brunnen lockte die meisten Besucher an. Aber ich will mich hier nicht näher mit diesem Zeugnis arabischer und damit auch spanischer Geschichte abgeben, das haben andere vor mir schon viel besser und ausführlicher getan. Wir waren nur vier Stunden dort, allerdings bei 40 Grad Hitze im Schatten, was wir dann doch als stolze Leistung bezeichneten.

Mit dem Bus sind wir anschließend in die Altstadt gefahren, die die jungen Leute ja auch noch kennenlernen wollten, da sie, wie gesagt, Granada nie zuvor besucht hatten. Wir liefen durch die winkeligen Gassen, von denen uns höchstens drei sehenswert erscheinen, während man die restlichen ratsamer weise eher vermeiden sollte. Sie liegen verlassen in der Mittagsglut, nur ein paar wenig vertrauenerweckende Gestalten treiben sich dort herum, sodass uns schnell die Erkundungslust vergeht. Trotz der späten Nachmittagsstunde, zu der üblicherweise Siesta gehalten wird, fanden wir ein geöffnetes Lokal, das uns scheinbar gastfreundlich willkommen heißt. Der dicke Kellner will uns gleich das Feinste vom Feinen anbieten, wir aber wollen heute nur eine Kleinigkeit essen, viel schlimmer ist der Durst, den wir sofort mit Bier oder Wasser löschen. Was wir essen, ist geradezu lächerlich, eine kleine Tortilla, grüne Bohnen, einen Salat, jeder von uns bestellte wirklich das Billigste. Wie groß war dann unsere Überraschung über die Rechnung, die sage und schreibe umgerechnet 160 D-Mark betrug. Es war auf der ganzen Segelfahrt und im Vergleich zu einigen tatsächlichen Luxuslokalen, die wir manchmal aufsuchten, das teuerste Mittagessen, das wir zu uns genommen hatten.

Danach streiften wir noch ein bisschen durch die kleinen Läden des Alcaucín, bevor wir uns zum Busbahnhof aufmachten. Die 69-km-Fahrt zurück nach Motril im Abendlicht des verklingenden Tages durch die kraftvolle Ruhe der Landschaft brachte auch uns wieder die innere Gelassenheit zurück. Der Tag war sehr hektisch, sehr lärmvoll gewesen und nach der friedvollen Zeit auf See sind wir an den Verkehr, an die Hetze und den Krach gar nicht mehr gewohnt.

In Motril selbst hatten wir noch ein nettes Erlebnis. Da wir den Hafenmeister am Morgen nicht angetroffen hatten, weil wir zu früh aufgebrochen waren, wollten wir jetzt unsere beiden Nächte bezahlen. Aber wieder war der Hafenoffizier unauffindbar. Ohne zu bezahlen, wollten wir am nächsten Morgen natürlich nicht starten. Die Abfahrt aber um einige Stunden zu verschieben, lag auch nicht in unserem Sinne. Also suchten wir den Polizisten des Hafens auf und sprachen mit ihm über dieses „Problem". Dem Ärmsten blieb vor Erstaunen der Mund offenstehen. So etwas hatte er noch nie erlebt – Leute konnten nicht bezahlen, weil die zuständige

Person nicht an seinem Platz war, und anstatt einfach wegzufahren, denn es war ja schließlich nicht unsere Schuld, dass das Verwaltungsbüro des Jachtclubs die ganze Zeit unbesetzt war, bemühten wir uns mit allen Mitteln, die Gebühren und das Liegegeld zu entrichten.

Er rief doch tatsächlich einen Zeugen, damit wir wüssten, dass unser Geld an die von uns gewünschte Stelle käme, bevor er selbst die Liegegebühr kassierte. Auch das ist Spanien – oft noch weltweit entfernt von jeder Bürokratie und Organisation, was das Leben jedoch so manches Mal liebenswerter macht ...

Wir mussten an diesem Abend wegen des unangenehmen Schwells dieses Jachtclubs Hillaseven erst noch mal verholen, bis sie endlich einigermaßen ruhig lag.

13. Tag

12. Juli

Sonnenaufgang über den Hafenanlagen von Motril. Rot strahlend taucht das Licht über dem Horizont auf. Der Lastenkran an der Kaimauer bekommt eine durchsichtige Leuchtkraft und verliert die Nüchternheit seiner Wirklichkeit.

Vor neun Uhr werfen wir die Leinen los. Bei wenig Wind aber Wellen in unsere Richtung segelten wir an der Costa del Sol entlang, mit dem Ziel Benalmádena, dem Jachthafen von Torremolinos.

Zu Beginn dieser 48 sm begleitete uns ein Schwarm Delphine. Während langer Minuten spielten sie rund um das Boot, anders kann man es einfach nicht nennen. Sie tauchten unter, sprangen in eleganten Schwüngen weit aus dem Wasser, stießen unter die Schiffskörper und kamen irgendwo seitlich hinten oder vorne wieder blitzschnell zum Vorschein. Herrlich, die silberglänzenden Körper im aufspritzenden Wasser, die fließenden Bewegungen, die glitzernde Behändigkeit, ein einmaliges Schauspiel beim langsamen Dahingleiten von Hillaseven. Manche Delphinkörper wiesen große Geschwüre auf, wir erklärten sie uns mit eventuellen Zusammenstößen mit diversen Schiffsschrauben. Nach dem Sommer hörten wir aber, dass eine Vergiftung unter den Delphinen des Mittelmeeres grassierte, ein Virus, den man sich angeblich nicht erklären konnte und dem in kürzester Zeit über sechshundert dieser wunderschönen Tiere zum Opfer gefallen waren. Wie sollten sie auch keine Viren bekommen!

Als sie endlich wegtauchten, als sie ihren eigenen Weg fortsetzten, einer nur ihnen vernehmbaren, sehnsüchtig weiten Melodie folgend, als wir zum letzten Mal die eleganten Wendungen und Sprünge bewundern konnten, veränderte sich das Wasser auf der Höhe von Torremolinos in erschreckender Weise. Abgesehen vom Dreck jeglicher Art wie Kisten, Büchsen, Behältern, Plastikbeuteln, Holzplanken, leeren Zigarettenschachteln, Plastikflaschen von Spülmitteln, Säuren und Putzflüssigkeiten schwammen unzählige Fischleichen auf der Wasseroberfläche. Ein erbärmlich-trauriger Anblick … die kleinen stumpfsilbernen Körper mit ihren aufgedunsenen Leibern wurden von der Strömung davongetragen. Es waren nicht etwa vereinzelt auftauchende Fischkadaver, sondern in Massen schwammen sie inmitten des ganzen Abfalls und Drecks wenige Meilen von der sonnigen Küste entfernt, wo sich Hochhaus an Hochhaus reiht, wo Wohnsilos und riesige Hotelbauten nichts mehr von Landschaft und Gegend übriglassen. Das kleine Fischerdorf Torremolinos, das Städtchen aus dem Roman von James Albert Michener, wie auch wir es noch in den Sechzigerjahren gekannt hatten und das immer seinen ganz eigenen Reiz gegenüber dem hochmodernen und verbauten Benidorm bewahrt hatte, es war verschwunden. Steinerne Blöcke von einem Ende zum anderen säumten den einst herrlichen Strand. Wundert es da, wenn das Wasser total verseucht ist? Und keiner unternimmt etwas, keiner meldet es, keiner schreit und keiner protestiert. Man hört zwar einige lahme Kommentare der Fischer, dass es mit dem einstigen Fischreichtum nicht mehr weit her sei, aber keinerlei Initiative, keine Bürgerbewegungen. Warum auch? So ist das Geld doch viel leichter zu verdienen.

Wie kurzsichtig, vor allem aber wie schmerzlich. Oder soll ich doch besser sagen – im Hinblick auf die Zukunft – wie verbrecherisch?

In Benalmádena fanden wir eine hochmoderne Marina vor, die allerdings noch im Bau begriffen ist. Wenn sie einmal fertiggestellt sein wird, ist eine richtige Bootsstadt entstanden. Wollen wir das? Die einzelnen Hafenbecken mit kleinen, schwingenden Brücken verbunden. Luxuswohnungen mit dem eigenen Bootssteg gleich vor der Haustür, elegante Boutiquen, Bars und Restaurants, aber man merkt, dass alles noch recht provisorisch ist. Es wird wohl einmal sehr schön werden, für die, denen so etwas gefällt – wenn auch völlig international und irgendwie steril. Von Spanien merken wir kaum mehr etwas, wenn man von der Hitze absieht, die auch jetzt am Abend noch herrscht.

Nach dem Abendessen machen wir noch einen Spaziergang vom Jachthafengelände über die Hauptstraße hinauf in Richtung Torremolinos.

Wir waren schon lange nicht mehr hier gewesen! Läden, Geschäfte, Restaurants, Zeitungsstände, Banken, Einkaufszentren reihen sich in ununterbrochener Folge aneinander. Es herrschen ein unbeschreiblicher Lärm und eine Hektik des Verkaufens und Kaufens. Ich habe das Gefühl, als stünde hinter jedem Lachen, jedem Kreischen, hinter jedem Drink und Einkauf ein ungeschriebenes und dennoch unendlich stark spürbares MUSS – ich muss mich vergnügen, ich muss lustig sein, ich muss ausgelassen sein, denn ich habe Urlaub. Ich muss essen und trinken, weil ich Ferien habe. Ich muss von jedem und allem etwas ab- und mitbekommen, denn ich habe Ferien. Ich spüre nichts von Genuss, von Muse, von Ausruhen, von Erholen.

Ein infernalischer Autoverkehr dröhnt durch die Nacht, da rasen sie mit ihren großen und kleinen Wagen, als gäbe es ein Ziel. Ein Ziel, das in wenigen Minuten erreicht werden muss.

Laut hupend fährt ein kleiner Renault vorbei, in seinem Innern vier junge Männer, besser gesagt, dreieinhalb, denn die eine, ziemlich unappetitliche Hälfte eines der jungen Männer hängt zum Autofenster heraus, und im Wagen selbst grölen sie über diesen nackten, behaarten Hintern, der hier die Leute wohl schockieren soll. Seltsame Art, sich zu vergnügen. Oder sind wir nur zu alt geworden?

Ich glaube es kaum, aber ich weiß, dass wir unsere Ferien früher dazu benutzten, Kraft zu sammeln, Wanderungen zu machen, Neues kennenzulernen, auch mal auszuflippen, aber oft genug auch dazu, den Weg wieder zu uns selbst zu finden, nachdem man sich ein ganzes Jahr lang in Arbeit und Stress und Verpflichtung verloren hatte.

Jedenfalls hatte ich genug vom früheren Fischerdorf Torremolinos. Ich wollte zurück aufs Boot, um noch ein bisschen zu schreiben. Wie gut, dass es Karl-Heinz genauso erging wie mir, nur die jungen Leute wollten diese „Lustigkeit" noch ein bisschen genießen.

Auf dem Weg zum Boot kamen wir an einer Bar vorbei, aus der uns laut grölend das Lied „wie ist es am Rhein so schön" entgegenschallte, gesungen von einer Gruppe Deutscher.

Ich wäre am liebsten reingegangen und hätte gefragt „entschuldigen Sie, warum sind Sie dann überhaupt hier?" Die wären doch am Rhein viel besser aufgehoben, oder?

14. Tag

13. Juli

Nachdem wir am Morgen erst noch einmal in einem Supermarkt das Nötigste einkaufen waren, was sich vor allem als superteuer herausstellte, legten wir erst gegen elf Uhr ab.

Wie an fast jedem Morgen hatten wir durch die Windstille totale Flaute. Es ist seltsam, nie macht das Meer einen unermesslicheren, einen unbegrenzteren und weiteren Eindruck als bei absoluter Windstille. Man ist fast gewillt, die gewaltigen, die unvorstellbaren Kräfte der Natur, die hier so oft wirken, zu vergessen. Der Blick verliert sich in der Weite des Horizonts, wo Wasserlinie und Himmel weich ineinanderfließen. Sommerwolken ziehen über das Blau des Himmels, ihre Schatten zaubern schnell vergehende Spiegelbilder auf die stille Oberfläche des Meeres. Und wieder begleitet uns der Strom von Dreck, von Abfällen und Fischleichen, wenn man in Richtung Küste schaut. Es ist wirklich nicht übertrieben, wenn man vom Mittelmeer als von einer Kloake spricht.

Fuengirola – vor zwanzig Jahren machten wir dort einmal Urlaub, sie hatten damals gerade drei Hochhäuser gebaut, in einem hatten wir eine Ferienwohnung gemietet. Und heute? Es begrüßt uns die Silhouette einer kleinen Wolkenkratzerstadt.

Erst als wir an die Playa de Pino, den Tannenstrand, kommen, fallen Grünanlagen und kleine Wohnsiedlungen auf, deren Einfamilienhäuser sich harmonisch in die Landschaft einfügen.

Gegen Mittag kommt der ersehnte Levante auf mit Windstärke sechs. Schnell sind die Segel gesetzt, und wir genießen die Geräuschlosigkeit des Dahingleitens, die nur vom Gesang des Windes in den Segeln untermalt wird. Es ist wohl die angenehmste Art zu träumen – Wind, Sonne, Bewegung, Endlosigkeit – wenn ich den Blick von der Küste abwende. Gleißendes Sonnenlicht auf silbern aufspritzenden Wellen und Hillasevens ruhige Betulichkeit.

Um 15 Uhr 45 machten wir bereits im Jachthafen von Puerto Banús fest. Puerto José Banús, benannt nach seinem Erbauer, ist die älteste Marina von Spanien, die von allen, die danach gebaut wurden, immer ein bisschen zum Vorbild genommen wurde. Und obgleich sie heute im Vergleich zu den modernen Marinas wie Benalmádena, Duquesa oder Almerimar veraltet scheint, gehört sie nach wie vor zum Statussymbol der Reichen und Superreichen, die mit ihren bis zu 70 m langen Luxusjachten hier vor Anker liegen, vor allem die riesigen arabischen Jachten.

Heute noch versammeln sich hier die neuen Herrscher, die Geldfürsten, die sich in ihren protzigen Limousinen mit vergoldeten Stoßstangen oder Lenkrädern und in ihren riesigen Luxusjachten von den ärmeren Leuten bewundern lassen, die extra aus der Umgebung kommen, um auch einmal in Puerto Banús die „große Welt" der Reichen und Berühmten hautnah erlebt zu haben. Diese Zurschaustellung von unfassbarem Reichtum widert mich dermaßen an, umso mehr, wenn man sich der entsetzlichen Armut in den Herkunftsländern mancher dieser Superreichen bewusst ist.

Allerdings – dem Ambiente von Puerto Banús kann man bisweilen erliegen. Es ist einfach elegant. Berühmte Bars wie z. B. die Sinatra-Bar, bei der ich jedoch beim Vorbeigehen grinsen muss, denn drinnen ist es so eng, dass sich dort eigentlich überhaupt niemand aufhalten kann. Man steht auf der

Straße, junge Frauen und Männer, nach der letzten Mode gekleidet, gekämmt nach berühmten Vorbildern, den Drink in der Hand, lachend und plaudernd, selbstverständlich die hohen Preise dieser Bar bezahlend und merken doch nicht, dass sie auf der Straße stehen, ganz simpel, ganz einfach ... auf der Straße! Was bringt es mir denn dann, in der so bekannten Sinatra-Bar gewesen zu sein?! Aber offensichtlich muss man dort wohl einfach mal gesehen worden sein.

Die Boutiquen sind elegant, sie haben teils sehr schöne Sachen und Modelle. Die Geschenkläden bieten nicht den üblichen Kitsch an. Tiefe Polstersitze laden an der Strandpromenade, in den Pubs und Cafeterías zum draußen sitzen ein, natürlich wieder, um zu sehen und gesehen zu werden.

Ein riesiger, sagenhaft luxuriöser Wohnblock, abgesperrt, strikt bewacht vom Sicherheitsdienst, richtige Schlägertypen, die sich ihrer Wichtigkeit selbstverständlich voll bewusst sind. Eilfertig stürzen sie herbei, wenn sich einer der Geldmagnaten der Tür auch nur nähert, buckeln ehrerbietig, Absperrung auf, Absperrung zu, dann die Luxuslimousine begleiten, Tür auf, Tür zu! Wie viel Neid und Missgunst muss das alles erzeugen. Und auf dem Dach des Gebäudes echte Kupfertürme, die in der späten Nachmittagssonne glänzen und leuchten.

Eine neuerbaute Passage, wo man sich wirklich bemüht hat, Einmaligkeit und Stil zu schaffen. Herrliche Einlegearbeiten aus Mosaik und Keramik, leise plätschernde Springbrunnen, seltene Blumen, dazwischen immer wieder Bänke zum Ausruhen, alles im arabischen Baustil. Wenn die Araber auch die Alhambra verloren haben, so gelingt ihnen jetzt, zumindest wirtschaftlich, wieder die Rückeroberung des spanischen Südens!

Der Stimmung kann man sich nicht verschließen, sodass auch wir einem Einkaufsbummel erliegen. Vor jedem Geschäft, an dem ich stehen bleibe und etwas bewundere oder mir etwas gefällt, führt mich unser Käpt'n hinein, lässt mir alles vorführen, zeigen, und ich muss es auch anprobieren. So manche Illusion vergeht, wenn ich versuche, mich in elegante Stretch-Kleider zu zwängen, denn durch diese Verführung zum Überfluss habe ich offensichtlich einen Augenblick lang gedacht, Jahre und Gewicht seien von mir abgefallen. Dennoch habe ich einen sehr hübschen grünen Hosenanzug erstanden, der so einfach ist, dass er schon wieder auffällt.

Das war also unser Ausflug in die Welt des Geldes, des Luxus, des Glimmers und Glanzes, der mich leider manchmal auch betören kann. Die Kehrseite dieser Talmiwelt sah dann etwas unerfreulicher aus, schlechte Bedienung, viel Lärm, laute Musik, Menschenmassen, die sich auf den beiden einzigen Straßen hin und her bewegen, überfüllte Bars, leere Restaurants und viel zu hohe Preise.

Am Abend gingen die jungen Leute aus, während wir uns aufs Boot zurückzogen, um uns für das Auslaufen am nächsten Tag auszuruhen.

15. Tag

14. Juli

Da die Entfernung zwischen Puerto Banús und Duquesa nicht sehr groß ist, liefen wir doch nicht so früh am nächsten Morgen aus, vor allem wohl auch deshalb, weil ich noch ein bisschen fotografieren wollte. Flimmerndes Licht, das sanfte Schimmern des frühen Morgens verwandelten die Blumenpracht, die Türen und Fenster und so manche kleine, versteckte Ecke in wunderschöne Fotomotive. Und dazu die Stille und Einsamkeit der frühen Morgenstunde – da die Feriensuchenden noch schliefen – machten den Ort jetzt zu etwas Besonderem.

Um halb elf endlich, als auch unsere jungen Leute startklar waren, machten wir die Leinen los und liefen bei halbem Wind in Richtung Duquesa aus. Welch ein Segelwetter! Blauer Himmel, weiße Sommerwolken, frischer Wind und Hillaseven, der es offensichtlich Spaß machte, unter diesen Umständen so richtig loszulegen. Wir sitzen an der Reling vorne, lassen die Beine baumeln, genießen wieder mal die leise Bewegung, träumen in die Weite und sind manchmal erfüllt von einer fast unbändigen Lust, einfach laut zu jauchzen vor heller Lebensfreude. Sechs bis sieben Knoten macht Hillaseven, und wir fühlen uns eins mit dem Boot, dem Meer, dem Wind und der Bewegung.

Bis wir auf einmal aufhorchen! Was war denn das?

Mirko meinte: „Das ist eine Grille", und erntete daraufhin lautes Gelächter. Eine Grille mitten auf dem Meer! Wir haben gewiss schon viel erlebt, aber das erschien uns nun doch abwegig.

Ein spaßender Rat in Richtung unseres Sohnes: „Pass mal besser mit der vielen Sonne auf, sonst bekommst du einen Sonnenstich!"

Er blieb dabei, das sei eine Grille und nach dem Geräusch zu urteilen, könnte er sogar recht haben, aber mitten auf dem Meer? Woher sollte die kommen? Wir machten uns alle gemeinsam auf die Suche und gingen dem nicht endend wollenden Gezirpe nach.

Und plötzlich rief Carmen: „Kommt mal hierher, Mirko hat recht. Hier ist der blinde Passagier." Und tatsächlich, da saß sie! Es war keine gewöhnliche braune Hausgrille, sondern eine in ihrem hellen gelb-grünen Kleid leuchtende große Schrecke, die sich mit ihren Beinchen fast unsichtbar, allerdings nicht unhörbar, an den hinteren Seilen der Segel festgeklammert hatte und munter mit ihrem Konzert fortfuhr. Was tun?

„Wir setzen sie in Duquesa aus", schlug ich vor und alle stimmten zu.

Carmen fragte: „Wisst Ihr eigentlich, warum Grillen zirpen?" Auf unser Nein hin erklärte sie, dass nur die Männchen zur Fortpflanzung ihre beiden Flügel gegeneinander bewegen und somit ihre recht eintönige Paarungsmelodie anstimmen und Weibchen anlocken, aber auch zur Verteidigung ihres Reviers wird mächtig gerasselt. Das war also gar kein Gesang! Sondern Liebeswerben oder sogar Kriegsgeschrei! Und wem hatten wir diesen „Gesang" zu verdanken – den Männchen! Und somit waren wir wieder ein wenig gescheiter geworden.

Als wir schon um halb drei Uhr in Duquesa anlegten, galt also unsere erste Sorge unserem blinden Passagier, dem wir ein grünes Plätzchen suchten, um ihn auszusetzen.

Jedenfalls war es ein lustiges Erlebnis mitten in der Weite des Meeres gewesen.

Nach einem herrlich faulen Nachmittag duschten wir ausgiebig, um dann einen langen Bummel durch das abendliche Duquesa zu machen, das sich seit unserem letzten Besuch gar nicht sehr verändert hatte. Wir wollten zwei Tage hierbleiben, bevor wir dann nach Gibraltar segelten. Und morgen wollten wir den Namensheiligen von Carmen feiern, einen Grund zum Feiern finden wir ja immer. Auch heute Abend gingen wir nicht an Bord zurück zum Essen, sondern suchten uns ein italienisches Lokal, wo wir eine ausgesprochen freundliche Bedienung hatten und sehr gut aßen. Danach nahmen wir noch einen Drink, aber hier störte uns dann doch wieder der Lärm. Wenn man mitten im Strudel der Musik (falls man das Musik nennen mag) zweier Bars sitzt und jede meint, sie müsste ihre Anlage besonders laut stellen, um den anderen zu überdröhnen, dann war das für die Gäste nur schwer auszuhalten. Vielleicht haben wir uns aber auch auf See so sehr ans Lauschen, an die Stille gewöhnt, dass uns dieses Nachtleben eben besonders laut und brutal erscheint. Es ist ja nur gut, dass die Ansichten verschieden sind, dass wir immer irgendwie ausweichen können, die Jungen bleiben und wir gehen an Bord. Ich habe mir den Kiefer verrenkt (wenn mein Vater noch lebte, würde er bestimmt sagen, ich rede halt zu viel!) aber es ist ausgesprochen unangenehm und schmerzhaft, so will ich morgen versuchen, trotz Sonntag eine Apotheke zu finden.

16. Tag

15. Juli

Da heute, wie gesagt, Sonntag ist, war die Idee mit der Apotheke schon ein wenig abenteuerlich! Auf unsere Nachfrage hieß es, in Duquesa selbst gäbe es keine Sonntagsapotheke, aber in einem kleinen Dorf, etwa drei Kilometer entfernt. Nun, das mit den drei Kilometern war eine sanfte Untertreibung, denn es waren mindestens fünf und das auf einer Straße, die ganz steil bergan führte. Aber wie wenig störte mich das. Mein Liebster keuchte und schwitzte, vor allem, da er mit uns Schritt halten wollte. Es stimmt zwar, dass es nicht gut ist, solche Strecken trödelnd zurückzulegen, da man dadurch nur noch müder wird, aber für ihn war es einfach zu anstrengend. Diesmal machte er von seiner „Macht" als Käpt'n Gebrauch, weil er uns, keinen Widerspruch duldend, vorausschickte, und im eigenen Rhythmus langsamer nachkommen wollte. Und letztlich kam er genauso an wie wir, wenn auch später, aber er kam an!

Und ich! Zuerst habe ich gemeutert, aber schnell merkte ich, dass es erstens die richtige Entscheidung für ihn gewesen ist und dass ich dieses schnelle, Kraft fordernde Laufen genoss wie schon lange nichts mehr. Fester Boden unter den Füssen, sich nicht mehr bei jedem Schritt festhalten müssen, kein Schwanken und Schaukeln! Das Durchatmen und die Anstrengung des Bergansteigens! Und der Geruch! Nach Wiese. Nach warmer Erde. Nach Feld und Gräsern. Nach Sommerblumen und Staub. Das Schwirren der Insekten, die tiefe Wärme, die in jede Pore dringt. Grenzenlos schweift der Blick über das rauchblaue Meer, die hellen Küsten, über kleine weiße Dörfer, ausgedehnte Felder, hellgelb und ockerfarben und über allem das beglückend weite, dieses flutende Licht des Sommers. Und in diese Weite hinein öffnet sich der Geist, öffnet sich die Seele, ich kann es nicht anders ausdrücken, es ist ein schier unbeschreibliches Glücksgefühl, das mich ganz und gar ausfüllt und jede Verlorenheit, jede Traurigkeit wegwischt wie mit einer zärtlich-gütigen Hand. Vielleicht kann ich mit diesen Worten meine Gefühle ausdrücken.

Blick – der an keine Grenze stößt,
Weite – die sich ganz entblößt,
Licht – das sich leuchtend verschwendet,
das die Nacht und das Nichts zerstört,
Ferne die man erahnen kann,
Sehnsucht nach dem,
was sich uns verbirgt. (H. M.)

Hier ein glitzerndes Spinnennetz, dort ein Kaktus mit seinen schweren, goldgelben Blüten, fremd und doch so sehr zur rissig-verbrannten Erde gehörend. Vielleicht erlebe nur ich es so intensiv, aber mir scheint, als läge über allem ein goldener Glanz, eine atemlose Stille und ein Versprechen von Erfüllung und von Lebendigkeit.

Nach anderthalb Stunden taucht die staubige Straße von Manilva auf, einem kleinen andalusischen Ort mit den nun schon bekannten weißen Häusern und doch ganz anders, mit ihren Dachfirsten, aus denen kleine Bäume sprießen. Sonntagmorgen in einem Dorf – die Männer sitzen in den wenigen Bars, während die Frauen aus der Kirche kommen, wo der Gottesdienst anscheinend soeben zu Ende ging.

Der Apotheker macht nach langem Klopfen an seinem geschlossenen Fensterladen verschlafen auf, das zerwühlte Bett im Hintergrund. Ob er wohl verstanden hat, was ich wollte? Doch, denn nach einer endlosen Weile kommt er wieder ans Fenster geschlurft und reicht mir die Medizin und die Rechnung.

Nachdem Karl-Heinz jetzt auch angekommen ist, machen wir einen Spaziergang durch den kleinen Ort. Eine Kirche nahe bei einem Friedhof, ein paar ungeteerte Straßen, saubere, weiß gestrichene Häuser, kleine blumengeschmückte Gärten und viele Autos, Unmengen von Autos, anscheinend hat jeder Hausbewohner hier sein eigenes Auto, wenn nicht zwei. Die Leute im Sonntagsstaat, das friedliche Bild eines modernen Dorflebens, wo die Welt vielleicht noch in Ordnung ist. Wer weiß? Wie oft spielen sich die ergreifendsten Tragödien gerade in solch scheinbar normaler Umgebung ab – ich glaube, eben ist meine schriftstellerische Phantasie wieder einmal mit mir durchgegangen, denn heute möchte ich überhaupt nicht an Tragödie und Drama denken, unzählige Motive bieten sich an, um fotografiert zu werden. Eine Holztür, die verrammelt und verriegelt und nochmals mit einem dicken Balken abgesichert ist, dahinter ein Haus, halb verfallen, nicht mehr bewohnt! Oder zwei Männer auf einer langen, ganz einsamen Straße, wie sie gemeinsam einen Eimer schleppen. Kerzengerade die Dorfstraße, gesäumt von Häusern und die beiden Männer als einzig lebendiger Teil im Bild.

Nach einem kalten Bierchen und Wasser machen wir uns auf den Heimweg, denn hier verkehrt kein Bus, überhaupt kein städtisches Verkehrsmittel, außerdem ist das Laufen meist bergab jetzt leichter. Aber mittlerweile ist es doch sehr heiß geworden. Sonnendurchglüht und staubflimmernd liegt die Landstraße vor uns. Leider haben wir uns für eine andere Straße entschieden, eben weil sie bergab ging, die aber, wie sich schon bald herausstellte, viel Verkehr hatte, was das Laufen leider zur Qual machte. Abgase können wir überall inhalieren, dafür brauchen wir keinen Spaziergang zu machen.

Und dann – völlig unerwartet, stoppt einer der Autofahrer, ohne dass wir auch nur eine Geste des Anhaltens gemacht hätten, und fragt, ob wir mitfahren wollten. Es wäre doch wirklich zum Laufen zu weit und zu heiß. Diese spontane Hilfsbereitschaft und Freundlichkeit des Mannes begeisterte uns und wir konnten uns gar nicht genug bedanken, nachdem er uns bis zum Eingang des Jachthafens von Duquesa gefahren hatte. Leider bleiben wir nicht mehr lange genug hier, sonst hätten wir ihn wirklich in seiner kleinen Imbissbude am Strand besucht.

An Bord zurück, nehmen wir nur eine Kleinigkeit zu uns, denn heute Abend wollen wir ja groß ausgehen, um Carmens Namenstag zu feiern.

Obgleich es Sonntag war, entschieden wir dennoch, dass heute erst einmal Großreinemachtag für Hillaseven sein sollte.

Es war einfach nötig, denn auch wenn wir jeden Tag wirklich bemüht sind, alles so sauber und ordentlich wie möglich zu halten, denn das Boot ist ja nicht gerade klein, bringen vier Leute auf dem relativ begrenzten Raum doch sehr viel Schmutz und Staub mit sich und alle paar Tage lohnt sich dann schon eine gründliche Reinigung.

Nachdem wir damit fertig waren und Mirko und Carmen auch noch ihre Wäsche gewaschen und auf der Leine flattern hatten, gingen die beiden an den Strand zum Schwimmen, während wir ein kleines Nickerchen machten.

Gegen Abend weckte uns die Musik einer Dorfkapelle. Neugierig standen wir auf und schauten nach dem Grund dieser Musik. Ein Zug von Jungen und Mädchen in typisch andalusischen Trachten folgte der Kapelle, auch hier war die Heilige Carmen als Schutzpatronin des Meeres ein Grund für die Feierlichkeiten. Rasch gingen wir von Bord und schlossen uns dem Zug an, der erst durch die Hafenanlagen zog und dann in Richtung des nahegelegenen Dorfes einschwenkte, von wo er offensichtlich aufgebrochen war. Welch ein buntes Bild und ich bedauerte, dass ich gerade heute gedacht hatte, auf die Kamera verzichten zu können. Junge und ältere Frauen waren in wunderschöne, weite Röcke gekleidet mit Spitzentüchern und Kastagnetten in den Händen und dem riesigen Kamm im Haar. Das ganze Dorf war unterwegs, es dröhnte von der Musik der Dorfkapelle, die sich offensichtlich sehr anstrengte, um ihrem Kapellmeister alle Ehre zu machen, gab er doch energisch, ernst und selbstbewusst den Takt vor. Die Musiker wurden anschließend an einem Stand mit belegten Brötchen belohnt, auf die sich alle mit großem Hunger stürzten. Schließlich hatten sie einen langen Marsch hinter sich, nachdem sie durch das Dorf, entlang der Landstraße und um den Hafen gezogen waren.

Wunderschöne Pferde wurden, teils ohne Sattel und Zaumzeug, durch das Dorf geritten und da man Zuschauer hatte, wurden natürlich auch die gewagtesten Bravourstückchen vorgeführt. Ein älterer Reiter rügte einen kleinen Jungen, er solle sich beim Reiten nicht so ungeschickt anstellen. Männer mit Strohhüten und zahnlosem Mund riefen den Mädchen

Komplimente zu. Gelächter und Gesang bestimmten das Bild in diesem kleinen andalusischen Ort, und wir waren mittendrin. Schon die ganz kleinen Mädchen drehten und wendeten sich voller Stolz in ihren farbenprächtigen Trachten vor den strahlenden Augen ihrer Mütter, Großmütter und Tanten.

Als es anfing, dunkel zu werden, gingen wir am Strand entlang, an den ausnehmend schön gebauten Ferienwohnungen vorbei, nach Duquesa zurück und entdeckten dort ein indisches Restaurant, das im Besitz eines entzückenden Holländers war. Bei Kerzenlicht und fremdartigen, wunderbar schmeckenden Köstlichkeiten und einem äußerst freundlichen Service zelebrierten wir regelrecht unser Mahl, denn es war wirklich kein normales Abendessen. Es herrschte eine wunderbar friedliche Harmonie zwischen uns vier, zumindest erlebe ich es so, was bei diesem engen Zusammenleben an Bord absolut nicht als selbstverständlich hingenommen werden darf. Aber jeder nimmt auf die Eigenheiten und Wünsche der anderen Rücksicht, wir können zusammen sprechen, aber wir können auch zusammen schweigen, und manchmal ist es schwer zu entscheiden, was mehr zur Harmonie beiträgt. Wir genießen diese gemeinsamen Ferien und wollen es eigentlich bei dieser kleinen Feier zu viert zum Ausdruck bringen. Es war ein sehr gelungener, angenehmer Abend in einem spanischen Hafen, mit dem Essen aus dem fernen Indien, der Bedienung eines reizenden Holländers im deutsch-spanischen Kreis. Wie leicht ist Völkerverständigung, wenn man andere gelten lässt und nach mehr Miteinander und gegenseitigem Verstehen strebt.

17. Tag

16. Juli

Ich bin heute Morgen schon relativ früh aufgestanden, um bei den ersten Sonnenstrahlen am Strand und in den Anlagen der Feriensiedlung zu fotografieren.

Ich glaube, es gibt kaum eine Anstrengung, die ich meinem Hobby, der Fotografie zuliebe, nicht in Kauf nehmen oder überwinden würde. Und aufstehen gehört für mich nun wirklich zu den geringsten Leistungen. Vor allem wird hier jeder Einsatz mit den fantastischsten Beleuchtungen belohnt. Sonnenaufgang zwischen weißen Häusern, Balkone in der lilafarbenen Blütenpracht der Hibiskusblumen, die frühe Morgenstimmung, die alles frisch und unberührt aufleuchten lässt. Gerade diese Unberührtheit ist es, die mich immer von Neuem begeistert.

Sie erscheint mir wie ein Versprechen, eine transparente Leere und nun liegt es an mir, diese Leere mit all meiner Lebendigkeit, meiner Lebensfreude, meiner Schaffenskraft, meinen Gedanken und Wünschen zu füllen, jeden Morgen die gleiche Möglichkeit.

Und welch eine demütige Dankbarkeit, wenn man am Abend eines jeden Tages fühlt, dass man die vergangenen Stunden bis zum Bersten ausgelebt hat, dass kein Versäumnis, nichts Unnützes, Müdes und Verzweifeltes die Kraft dieses neuen Tages zerstören konnte.

Der Tag kommt aus dem Dunkel und fällt wieder zurück in dieses Dunkel, aber in der Zwischenzeit gehört er mir, kann ich mit ihm machen, was ich für richtig, für wichtig halte. Lohnt sich das nicht?

Vielleicht liebe ich das Leben zu sehr, vielleicht hänge ich zu sehr an jeder Minute, aber wen wundert es, hat man doch viel Zeit in seinem relativ kurzen Leben schon so vertan und viele Möglichkeiten bisher versäumt ...

18. Tag

17. Juli

Nächster Morgen – nächster Tag! Um 9 Uhr 30 ist Hillaseven voll aufgetakelt, und wir segeln in Richtung Gibraltar. Der Wind bläst, die Sonne blendet auf dem Wasser und macht das Ufer schattenhaft. Aus dem leichten Sommernebel steigt der Felsen von Gibraltar auf. Wir legten an der Mole an und Karl-Heinz ging mit Carmen und Mirko in die Hafenverwaltung, um uns und Hillaseven anzumelden, während ich hier sitze und noch rasch ein paar Notizen zu den ersten Eindrücken mache.

Neben dieser Mole, erschreckend nah, ist die Lande- und Startbahn der Militärmaschinen und der wenigen privaten Flugzeuge der British Airways. Mit ohrenbetäubendem Lärmen lässt einer dieser schnellen Bomber seine Motoren auf Hochtouren laufen, um zum Start anzusetzen. Die Luft erzittert und bebt, das Wasser kräuselt sich, die Ohren schmerzen von diesem Höllenlärm, der ganze Körper tut weh. Ich möchte mich am liebsten irgendwo verstecken, um dem alles andere übertönenden Brausen und Krachen und Aufheulen ausweichen zu können. Jetzt bereitet sich eine englische Maschine darauf vor, abzuheben. Wieder heulen die Motoren auf, zittern die Luft und die Erde. Gebannt beobachte ich das Schauspiel – schafft die Maschine das überhaupt?

Blöde Überlegung, hier starten und landen ununterbrochen Maschinen und das nicht erst seit heute. Aber die Startbahn ist so kurz, da geht die Phantasie mit mir durch. Jetzt rollt die Maschine langsam heran, hat aber nur wenige Meter zur Verfügung, um abzuheben.

Es erscheint mir als Zuschauerin unwahrscheinlich, dass sie auf dieser kurzen Strecke genügend Spielraum haben wird, um in die Luft zu steigen. Die Motoren dröhnen, die Maschine rollt und rollt. Das schafft die nie!

Wie hypnotisiert beobachte ich dieses Manöver. Sie wird doch ihre Reise, bevor sie sie überhaupt begonnen hat, nicht auf den Dächern der Hafenanlage beenden? Nein ... natürlich hebt sie ab, steigt – fast senkrecht – in die Höhe, wird kleiner, ist außer Sichtweite. Und schon wieder kommen die nächsten beiden Militärmaschinen – rollen, dröhnen, donnern, brummen. Und das alle Viertelstunde!

Wenn mir Gibraltar schon von dem letzten Besuch her unsympathisch war, so bin ich heute noch sehr viel entsetzter, hier würde ich wirklich nicht um alles in der Welt leben wollen.

Später erzählte man uns, dass in der Krise um die Falkland-Inseln die Hölle losgewesen sein muss, Tag und Nacht alle zehn Minuten ein Start und eine Landung und das ja inmitten der Stadt, wenn man die Hafenanlage zur Stadt dazurechnen will.

Um mich ein wenig von dem Lärmen und Toben dort draußen zu erholen, flüchte ich ins Innere von Hillaseven. Warum brauchen die drei eigentlich so lange für die Einklarierung?

Aus dem Kurzwellensender, den wir meistens eingeschaltet haben, ertönen die Nachrichten in allen Sprachen der Welt: Tanger Radio, Tanger Radio, hier spricht ... Radio Gibraltar, Radio Gibraltar, please ... englisch, französisch, arabisch, und wieder englisch, dann deutsch! Ich habe das Gefühl, als hätte ich die halbe Welt auf unsichtbaren Wellen im Innern von Hillaseven eingefangen.

Plötzlich eine Warnmeldung: „Vorsicht, Vorsicht, an alle Schiffe im Bereich der Küste – ein unbekannter Gegenstand versperrt den Weg."

Ich finde das hochinteressant und immer wieder erstaunlich, wie international so ein Bootsleben ist, was wir ja ständig in all den Häfen beobachten. Wie gut, dass ich Englisch kann, aber ob das alle sprechen, die hier gewarnt werden? Englischkenntnisse sind nämlich unter Seglern und Bootsbesitzern Pflicht.

Wieder donnert eine Düsenmaschine auf der nur 20 Meter entfernten Piste, und ich wünsche mir sehnlichst, dass wir einen Liegeplatz bekommen, der nicht so nah an dieser Start- und Landebahn liegt. Und außerdem hoffe ich, dass die anstehende Reparatur schnell durchgeführt werden kann, dass wir erstens den günstigen Wind, der im Augenblick für die Durchquerung der Straße von Gibraltar bläst, ausnutzen können und zweitens, dass wir uns so wenig wie möglich in dieser Stadt aufzuhalten brauchen.

Als wir am Mittag in die Stadt laufen, um in den vielen Billigläden nach dem Ersatzstück für unser Log zu suchen, müssen wir feststellen, dass wir die Reparatur auch hier nicht machen können. Das bedeutet, dass wir die lange Strecke, die noch vor uns liegt, und auf der ein genaues Segeln einfach sein muss, ohne Log zurücklegen müssen. Gott sei Dank haben wir gute Karten und sind auch schon ein bisschen an die Bewegung und das Tempo von Hillaseven gewöhnt, sodass unser Käpt'n sehr gut einschätzen kann, wie schnell wir vorwärtskommen, was uns nachher auch der Satellitennavigator bestätigt.

In der Stadt selbst ist alles wie gehabt und wie wir sie schon vor Jahren erlebten. Viele, viele Menschen aller Hautfarben und aller Herren Länder, eine unvorstellbare Armut, ein Riesenangebot von verbilligten Waren wie Zigaretten und Alkohol, aber auch Radios, Fotoapparate, Videokameras, eben alles, worauf jenseits der Grenze hohe Steuern aufgeschlagen werden. Aber auch Ramsch, Nachahmungen, Fälschungen in Mengen. Und trotzdem finde ich das bunte Straßenbild, das hektische Treiben, die Vielfalt der Menschen hochinteressant, es entsetzt mich nicht mehr ganz so wie noch vor drei Jahren. Obgleich ‚entsetzen‘ nicht das richtige Wort ist, ich hatte regelrecht Angst.

Die Leute machten damals einen so verzweifelten Eindruck, vor allem die Jugendlichen. Als wollten sie unbedingt ausbrechen, raus aus allem und waren doch gefangen in den engen Grenzen ihrer Insel, deren Straßen immer ins Nirgendwo führen, wo man sich in gewisser Weise sogar rein bildlich im Kreis bewegt. Und das macht die Menschen aggressiv und laut und lärmend. Wie gesagt, so jedenfalls empfand ich es damals. Und heute ist es nicht sehr viel anders, doch vielleicht bin ich selbst nur etwas gelassener geworden. Wir gehen nicht aus, wir essen an Bord, vor allem deshalb, weil wir nicht die Gibraltar-Pfunde haben wollen, eine Währung, die einem sonst nirgends abgenommen wird. Und morgen – morgen wollen wir weiter.

19. Tag

20. Juli

Über Nacht hat sich der Himmel mit dunklen Wolken überzogen. Der Wind bläst heftig und die Sonne kämpft fast vergeblich darum, die schwarze Wolkenwand zu durchstoßen. Sollen wir auslaufen? Viel Lust hierzubleiben, haben wir alle nicht. Der Wetterbericht, sowohl vom englischen als auch vom spanischen Sender klingt nicht beunruhigend. Der Barometerstand ist hoch, 1036, was zwar trotz Sonnenschein immer auf starken Wind schließen lässt, aber es ist der warme Levante, der in unsere Richtung bläst.

Was sollen wir machen? Nochmals überprüfen wir beim Hafenmeister das Wetter für den heutigen Tag, Wind und Wellen – aber nicht stark.

Noch länger warten?

Nein – wagen wir es. Wir machen Hillaseven klar, werfen die Leinen los und machen uns auf den Weg. Zu Anfang geht es noch an. Die Sonne schafft den Durchbruch vorläufig nicht, was die großartigsten Wolkengebilde schafft. Ich habe den Eindruck, in den Himmel hineinschauen zu können durch hohe Tore, schwarz-goldene Bögen, plötzlich auftretende blaue Himmelslöcher. Der Wind pfeift, erst mäßig, aber dann erhebt er sich zu einer nicht erwarteten Stärke. Sieben bis acht mit Böen von neun. Nein, jetzt ist es kein Wind mehr, so was nennt man eigentlich Sturm. Dunkel drohend bauen sich die Wellen hinter uns auf, vier bis fünf Meter. Schattenhaft die Küste zu beiden Seiten. Wir fliegen ...

Der Autopilot muss ausgeschaltet werden, Hillaseven läuft dauernd aus dem Ruder, sodass Karl-Heinz das Steuer übernehmen muss. Unser Katamaran taucht hoch auf, verweilt auf dem Wellenkamm, schwebt einen Augenblick in einer beängstigenden Höhe und gleitet dann abwärts. Immer weiter – tiefer – schneller.

Und ich – ich hab Angst. Auch Carmen sitzt erst wie ein Häufchen Unglück da, aber dann beschloss sie anscheinend, zum Kapitän und Boot Vertrauen und Spaß an dieser Höllenfahrt zu haben. Spaß! Wirklich nicht. Das hat doch nichts mit fehlendem Vertrauen zu tun. Wir sind Naturgewalten ausgeliefert und das soll Spaß machen?

Noch sitze ich auch auf der Bank im kleinen Steuerhaus und beobachte, wie Hillaseven in schwindelerregende Höhen steigt. Wenn wir kippen …! Kann das ein Boot überhaupt durchhalten? Alle Segel sind gesetzt, nur die Genua ist gerefft. Dadurch jagen wir noch schneller durchs Wasser. Mirko hat mir erklärt, dass die Geschwindigkeit nicht das Wichtige ist, sondern dass die Segel Hillaseven mehr Stabilität geben. All die bestimmt lieb gemeinten Erklärungen nutzen mir überhaupt nichts. Angst macht mich einfach für jedes logische Argument taub. Ich höre nur das Heulen des Sturmes in den Segeln, höre ihn über das Deck fegen, spüre die Neigung von Hillaseven, wenn sie wieder eine der hohen Wellen erklimmt, spüre die enorme Geschwindigkeit, mit der sie anschließend in die Tiefe saust. Später stellten wir fest, dass wir teilweise mit 16 Knoten durch die Meerenge „flogen".

Schon taucht Tarifa auf, die windigste Küste Spaniens und das Windsurfer-Paradies. Auch diesen Sommer werden wieder Weltmeisterschaften dort ausgetragen, aber jetzt sieht man kein einziges Boot weit und breit und erst recht keinen Windsurfer.

Hillaseven ist das einzige Boot, das sich ihren Weg durch die aufgewühlte See sucht. Bedrohlich die Wolken, die Wellen und lärmend der Sturm und mittendrin wir.

Ja, es stimmt, sie scheint mit unbeschreiblicher Sicherheit diesem Wetter zu trotzen, geht zuverlässig und stetig auf Kurs, und selbst die höchste Welle und die größte Geschwindigkeit bringen sie offensichtlich nicht aus ihrer Ruhe.

Aber … auch wenn ich das weiß und beobachte, was nutzt es mich, wenn ich es einfach nicht so empfinden kann – da ist nur Angst und Panik und Wut und Hilflosigkeit. Und obendrein weiß ich doch ganz genau, dass es jetzt keinen anderen Weg mehr gibt als … vorwärts. Zurück? Unmöglich – diese Wellen und dieser Sturm gegen uns – das wäre Wahnsinn, das wäre wirkliche Gefahr. Häfen gibt es in dieser Meerenge nicht, die man bei Levante anlaufen könnte. Wir würden an der Küste zerschellen. Wir müssen weiter, wir müssen da durch, was mein Gefühl des Ausgeliefertseins nur noch mehr verstärkt, dieses verzweifelte Gefühl, hilflos zum Schlimmsten verurteilt zu sein. Manchmal kommt Mirko in die Kabine, wohin ich mich mittlerweile verkrochen habe und versucht, mich zu trösten, aber gegen so viel Unvernunft gibt es keinen Trost. Nur das Ende dieser Fahrt, nur die Ankunft im sicheren Hafen wäre Erlösung. Und obendrein empfinde ich mich auch noch als Versagerin. Carmen war doch auch fähig, ihre Angst zu überwinden. Warum mach ich dann so ein Theater? Manchmal finde ich den Gedanken, der ganzen Sache ein schnelles Ende zu machen, indem man einfach von sich aus ins Wasser springt, gar nicht so abwegig. Und wenn dann alles doch gut ausgeht, hat man sein Leben einfach so weggeworfen? Nein, geht auch nicht. Ach, lasst mich doch einfach alle in Ruhe, irgendwann endet auch diese Fahrt. Ich vergrub meinen Kopf noch tiefer in mein Kissen, wollte nichts mehr hören und sehen.

Und plötzlich – was ist denn jetzt los? Hillaseven wird ein wenig ruhiger, obgleich der Wind sie anscheinend immer noch mit unwahrscheinlicher Geschwindigkeit vor sich herjagt, aber irgendetwas ist anders. Vorsichtig versuche ich aufzustehen, hangele mich an den Möbeln der Kombüse nach außen.

Und dann sehe ich es – und kann es kaum glauben! Die Meerenge scheint überwunden! Vor uns liegt tatsächlich das Kap Trafalgar. Die Wellen sind nicht mehr so hoch, fast harmlos. Wir haben es geschafft! Noch immer schwankt meine Welt, noch immer kann ich das Zittern nicht ganz kontrollieren, aber all das zählt doch nicht – wir haben die Meerenge von Gibraltar hinter uns, den Sturm, die Wellen und ich wieder einmal … meine Angst. Und niemand scheint mir böse zu sein. Mirko nimmt mich liebevoll in den Arm, Karl-Heinz lächelt mir aufmunternd zu und auch Carmen schien jetzt glücklicher zu sein als während der vergangenen Stunden.

Welch eine Erleichterung, als wir nach scheinbar endlosen, nach bangen sieben Stunden die lange Mole von Cádiz erreichen, anscheinend eine wahre Rekordleistung für diese Strecke.

Dabei sind wir noch gar nicht angekommen, wir wollten ja nach Puerto Sherry, einer ganz modernen Hafenanlage bei Santa Maria, die wir schon von der letzten Fahrt her kannten. Langsam tauchen ihre Umrisse auf und schnell erkennen wir, dass sich seit unserem letzten Aufenthalt nichts wirklich verändert hat. Noch immer im Aufbau begriffen, aber aus dem, was wir jetzt bereits sehen, können wir uns ein Bild von der zukünftigen Schönheit und Modernität dieses Jachthafens machen.

Und dann sorgten wir doch noch für Erstaunen, denn als wir an der Einklarierungsmole festmachten, kam der Hafenmeister eilig herbei, blickte uns kopfschüttelnd an und meinte mit großen Augen: „Woher kommen Sie denn?" Und als wir antworteten, von Gibraltar, fragte er ganz vorsichtig: „Was? Bei diesem Wetter? Sind Sie geflogen?"

Fast hätte ich ihm zugestimmt, aber ich wollte mich selbst nicht an meine Angst der letzten Stunden erinnern – wir waren angekommen, das war am wichtigsten. Jetzt hieß es erst einmal erholen.

Aber das war leichter gesagt als getan. Ich konnte mich in den paar Tagen, die wir in Puerto Sherry blieben, nicht von einer enormen inneren Traurigkeit befreien und von dem Empfinden, dort zu versagen, wo angeblich kein Grund zur Sorge besteht. Andererseits gibt es so viele scheinbar grundlose Situationen, mit denen man nur schwer fertig wird, warum empfinde ich dann meine Angst, die ich mir ja schließlich nicht einbilde, als Versagen? Und warum verlange ich von mir immer, dass ich so gut wie irgend möglich funktioniere? Ich bin doch keine Maschine!

Wir machten an einem wunderbar gepflegten Steg fest und verbrachten den Rest des Tages mit Spazierengehen und dem Planen des nächsten Tages, den wir in Cádiz verbringen wollen.

20. Tag

19. Juli

Wir waren leichtsinnig und haben in Puerto Sherry ein Taxi bestellt, um nach Cádiz zu fahren. Die Autobusverbindung ist so schlecht und unregelmäßig, dass wir uns nicht darauf verlassen wollten. Mit dem Taxi war die Entfernung bis nach Cádiz gar nicht mehr so groß, obgleich es schon ein komisches Gefühl war, wieder mit dem Auto zu fahren, wenn man die Weite des Meeres, das einem irgendwie ganz allein zu gehören schien und wo es wenig Verkehrsregeln gibt, gewohnt ist. Gar manches Mal ziehen wir auf dieser Strecke den Kopf ein, weil wir bei diesem temperamentvollen Spanier und seiner Geschwindigkeit glauben, dass es eigentlich gleich krachen müsste. Aber natürlich passiert gar nichts und schnell und sicher werden wir ins Zentrum von Cádiz gebracht.

Hier laufen wir durch die kleinen Gassen, bewundern Geschäfte, kommen zum Hafen und zum Balnearium. Vor allem aber genieße ich mit meiner Kamera die urtümliche Innenstadt mit den schmalbrüstigen Häusern in einem verwirrenden Straßengetümmel, die Menschen und überhaupt die ganze sommerliche Stimmung mit ihrer Farbenpracht.

Aber dann auch wieder Armut – seltsamerweise vor allem im Umkreis der Kirche. Armselige, schmutzige Häuser, aber ein Wald von Fernsehantennen auf den halbverfallenen Dächern – ein eindrucksvoller Kontrast! Und allein oder nach Anbruch der Dunkelheit möchte ich nicht gern durch diese Gassen streifen, die Bewohner machen keinen vertrauenerweckenden Eindruck.

Aber wir sind ja zu viert und über uns wölbt sich ein strahlend blauer Himmel, schießen Möwen hin und her und reizen zu den schönsten Aufnahmen, da sie ganz nah herankommen. Auf dem Meer weiße Schaumkronen, was uns mit Freuden unseren Stadtbummel genießen lässt, denn dort draußen wollten wir jetzt wirklich nicht sein.

In Erinnerung an unsere Fahrt von vor drei Jahren und ein hervorragendes Essen in einem der berühmtesten und besten Restaurants Andalusiens haben wir den „Kindern" versprochen, den erfolgreichen Abschluss ihres Studiums hier im „Faro" zu feiern, einem Lokal, das man wahrhaftig nicht in dieser Umgebung kleiner Gassen und Sträßchen suchen würde.

Aber schon von außen lässt es erahnen, was uns innen erwartet, denn der Eingang und die Hausfassade sind mit eindrucksvollen, sehr typischen Keramikkacheln geschmückt. Und richtig, wir werden auch dieses Jahr nicht von der ausgesuchten Qualität der Mahlzeit und dem ganzen Ambiente enttäuscht. Es ist kein Essen, es ist ein Speisen, wo diesmal weder auf Preise noch auf Kalorien geachtet wird. Schließlich feiert man ja nur einmal Schlussexamen, da kann nichts zu teuer sein. Und wir haben den Eindruck, dass Carmen und Mirko die Feier genauso genießen wie wir.

Müde, sonnenerfüllt und vollgegessen suchen wir danach ein Taxi, aber erst machen wir nochmals einen kleinen Spaziergang, wer weiß, wann wir wieder einmal nach Cádiz kommen werden. Leider gelang es uns auch diesmal nicht, in die Kirche zu kommen, die entweder immer renoviert wird oder, wie heute, geschlossen ist. Aber auch sonst, von der Kirche abgesehen, die wir wirklich gern besichtigt hätten, hat Cádiz einen ganz eigenen Reiz.

Man spürt fast körperlich, dass überhaupt kein Platz mehr für irgendwelche Vergrößerungen vorhanden ist, denn die Stadt liegt auf einer kleinen Felseninsel, die nur eine Länge von 6 km und eine Breite von 400 m hat, sodass gezwungenermaßen statt in die Breite in die Höhe gebaut werden muss. In der Neustadt hat das zu scheußlichen Hochhäusern geführt, zweckdienlich halt. Aber in der Innenstadt ist der Baustil interessant durch die typischen schmalen und engen Häuser mit den weißen Balkonen, ihren Eisengittern und der ganz eigenen Schönheit. Jetzt – während der Siesta – liegt sie, diese hübsche Innenstadt, wie tot und verlassen unter glühender Mittagssonne. Oh doch, Cádiz hat uns schon sehr gefallen und dieser Ausflug ins Landesinnere hat sich sehr gelohnt.

21. Tag

20. Juli

Auch heute sind wir noch nicht ausgelaufen, es ist nach wie vor Sturm vorausgesagt, und wir wollten noch unbedingt Santa Maria besichtigen.

Die Stadt ist vor allem wegen ihrer beiden großen Bodegas, Osborne und Terry, bekannt.

Wer kennt nicht das Markenzeichen von Osborne, den mächtigen, schwarzen Stier, der einem als große Werbetafel auf den Autobahnen oder Landstraßen begegnet? Ganz ohne irgendwelchen Schriftzug weiß man sofort, welches Unternehmen hier gemeint ist. Großer, starker schwarzer Stier, Sinnbild Spaniens, Sinnbild Andalusiens. Osbornes riesige Kutter, Kelter-Anlagen und Weinkeller prägen das Stadtbild. Zu den weißen Häusern, den hohen, langen Mauern, hinter denen sich die Firmensitze der Sherry-Hersteller verschanzen, und den engen Gassen gehört einfach die heiß niederbrennende Sonne. Genauso wie der Mann mit seinem steifen schwarzen Hut, der schwarzen Hose und dem weißen Hemd, die typisch andalusische Tracht.

Fehlen im Stadtbild nur noch die herrlichen Pferde, die vor allem Osborne, aber auch die Bodega Domecq im nahe gelegenen Jeréz de la Frontera besitzen, und die wir hinter Mauern, gut geschützt, in der Sonne grasen sehen.

Puerto de Santa Maria mit seinem Kleinstadtcharakter, den überfüllten Bars, wo sich alle Welt schon morgens zum ersten Glas Sherry trifft, mit seinem bunten Markttreiben, das die Kamera wieder einmal herausfordert, verrät heute nur noch wenig von seiner einstigen Bedeutung.

Dazu schreibt Neumann: *Puerto de Santa Maria ist die Mündung des Rio Guadalete. Vor 2.500 Jahren hieß es Menestheo und war ein griechischer Hafen von Rang. Die Römer nannten ihn Portus Menestei. Später kamen die Vandalen und Westgoten. Im Jahr 711 landeten unter der Fahne des Propheten Mohammed Araber und Berber bei Gibraltar. Am Fluss Guadalete (oder auch Rio Barbate) war die entscheidende Schlacht. Der Westgotenkönig Roderich verlor Leben und Land und das öffnete Spanien für acht Jahrhunderte dem Einfluss arabischer Kultur. Hier entschied es sich, dass wir arabische Ziffern schreiben, Algebra, Arithmetik, Astronomie erlernten, die Alhidade kennen und den Admiral – (alles arabische Worte).*

Man kann also wirklich nicht sagen, dass Santa Maria unbedeutend gewesen wäre und heute interessieren uns Kulturbanausen nur noch die frischen Meerestiere, die wir überall in reichlicher Auswahl angeboten bekommen. Aber auch das ist so typisch, dass man es einfach einmal erlebt haben muss.

Am Ende der palmenbestandenen Hauptstraße ist eine Ansammlung von kleinen und kleinsten Restaurants mit Tischen und Stühlen auf dem Bürgersteig und hin und her eilenden Kellnern. Der Kunde geht selbst in die riesigen, hygienisch absolut einwandfreien Fischhallen und lässt sich den ganz frischen Fisch abwiegen, aber nicht nur, sondern auch Unmengen an Krusten- und Schalentiere kauft man hier. Ein Kilo Langusten, ein Kilo Gambas, ein Kilo Beine einer russischen Meeresspinne, noch ein Viertel Schnecken, ein Viertel von dem, ein Viertel von jenem. In sauberen Papiertüten bekommen wir das Verlangte abgepackt, wir bezahlen und gehen wieder auf die Straße. Hier suchen wir uns, wie alle anderen ringsum auch, unter den vielen Restaurants dasjenige, das uns am besten gefällt oder besser gesagt, wo wir noch einen freien Tisch bekommen. Da diese Art zu speisen eine Mixtur aus Selbstbedienung und Ausschank, eine Besonderheit von Santa Maria ist, finden wir hier alle Nationalitäten vertreten, und trotzdem hat sich der Ort seine so typisch spanische Atmosphäre bewahrt.

Als wir endlich einen Tisch ergattern, eilt ein Kellner herbei, nimmt unsere Getränkewünsche auf und bringt dabei die dringend benötigten Nussknacker für das Öffnen der Schalentiere mit. Dann machen wir es wie alle anderen um uns herum auch, die Tüten werden aufgerissen, rot schillernd breiten sich die Köstlichkeiten vor uns aus und ganz primitiv greifen wir in die Fülle und schälen, knacken, lutschen und spucken (letzteres allerdings nur unser Kapitän, der sich hier ganz und gar heimisch und dazugehörig fühlt!) Bei dieser extremen, sommerlichen Hitze erfrischt das zischende, herrlich kühle Bier die inzwischen völlig ausgetrockneten Kehlen. Allerdings tut für mich Wasser den gleichen Dienst. Obgleich ich zugebe, dass ich in solchen Augenblicken manchmal gerne, wenn auch immer seltener, in die allgemeine trinkfreudige Heiterkeit einstimmen würde. Es gehört ja doch irgendwie zum geselligen Leben dazu, zum Urlaub und zur ausgelassenen Stimmung. Klar kann man auch ohne Alkohol lustig sein und all die Sprüche kenne ich ja nur allzu gut, dass Fröhlichkeit von innen kommt, dass es traurig um die Leute bestellt ist, die nur unter Alkoholeinfluss lustig sein können und was man dergleichen noch alles hört.

Auch ich vertrete diese Meinung, aber genau an diesen Tagen, an denen eine solche Leichtigkeit des Seins, eine derart entspannte, lockere und glückliche Stimmung herrscht, versteht man zweifelsohne, dass mancher dieses Lebensgefühl in einem trinkfreudigen Kreis erleben möchte, solange es nicht ausufert und unschöne Ausmaße annimmt. Fühle ich mich deshalb ausgeschlossen? Ein wenig vielleicht schon, wenn sich die anderen mit ihrem eiskalten Bier zuprosten, während ich mein Wasserglas dazu anhebe, aber auf der anderen Seite hilft mir der Gedanke, was ich, dank der Überwindung meiner Abhängigkeit, an unschätzbarer Lebensqualität und neu entdeckter unermesslicher Lebensfreude erreicht habe, und so kann ich gelassen in das Gelächter und die Lustigkeit der anderen mit einstimmen und atme dabei erleichtert auf, weil ich der Versuchung, die allerdings nicht mehr so stark ist, widerstanden habe. Man sollte nicht glauben, dieses Entsagen, dieser Verzicht wäre eine leichte Sache, denn nach dem Kampf kommt der gesellschaftliche Druck, gehört es doch zum guten Ton, ein Gläschen mitzutrinken. So ein kleiner Schluck schadet doch nicht! Weit gefehlt! Nie mehr, nicht einmal ein Schlückchen. Ich stehe felsenfest zu meiner Entscheidung und habe mich eigentlich niemals wirklich von der Gesellschaft ausgeschlossen gefühlt. Wir stoßen mit unseren vier erhobenen Gläsern an und lassen uns danach die köstlichen Langusten schmatzend weiter schmecken.

Den Mittag verbrachten wir auf dem Boot, wo jeder sich mit dem beschäftigte, was ihn am meisten interessierte. Was bei mir an diesem Nachmittag, wie konnte es auch anders sein, das Schreiben war, bis … ja, bis ein übereifriger Hafenangestellter Kajüte, Schreibheft, Bettzeug und mich selbst unter Wasser setzte.

Er wollte doch nur die Wasserkräne nachkontrollieren, ob auch alle funktionierten und in seinem Eifer (man kann es auch direkt als Blödheit bezeichnen) hatte er nicht gemerkt, dass an einer der Leitungen unser Schlauch angeschlossen war und dieser Schlauch genau in meine Kajüte zeigte. Was ich geflucht und geschimpft habe, kann man vielleicht sogar aus diesen Zeilen heraushören, denn auf dem Boot trocknet ja alles sehr schlecht und ein Überfluss an Wäsche ist auch nicht vorhanden. Ein nasser Abschluss eines ausgefüllten Tages.

22. Tag

21. Juli

Nachdem wir bei unserem allerersten Segeltörn von Nord nach Süd die Bucht von Huelva in einem Tag und einer Nacht umsegelt sind, entschlossen wir uns diesmal, sie ganz langsam anzugehen und all das Einmalige, das diese Bucht zu bieten hat, zu genießen und zu erleben.

Statt in Häfen einzulaufen, wollen wir ankern, denn warum immer in vorgeschriebene und meist überlaufene Einrichtungen gehen, wenn uns das ganze Meer und seine traumhafte Küste zur Verfügung stehen.

So fuhren wir von Puerto Sherry mit dem Plan ab, den ersten Abend im Coto de Doñana zu ankern. Unsere Fahrt führte uns bei Wind aus West mit Stärke von drei bis vier Beaufort an der andalusischen Küste entlang.

Chipiona! Ich entsinne mich an Ferien von vor 22 Jahren, als wir ein paar Tage in diesem kleinen Ort verbrachten. Nein, wir wollen keinen Tourismus, war damals die Meinung der Einwohner! Dieser Ort gehörte einst den Spaniern und nur den Spaniern und da vor allem den Leuten aus Jeréz. Fremde kommen hier nicht her, die wollen wir nicht, war die allgemeine Stimmung!

Als ich damals mit meinem Bikini am Strand auftauchte, war ich die absolute Sensation und der Bikini ein Skandal. Er war zu der Zeit noch so unbekannt und stand höchstens für blonde Schwedinnen, freie Liebe und Sünde.

Am Strand lagen damals die wohlgenährten Mamas mit ihren zahllosen schreienden und ebenso gut genährten Babys. Heute? Heute reiht sich Hochhaus an Hochhaus! Armes

91

verschlafenes Chipiona mit seiner damaligen spröden Bürgerlichkeit und der kleinen Kirche, der einzigen Attraktion von vor 22 Jahren mit ihrer weithin leuchtenden Kirchenuhr. Aber noch sind wir bei der Anfahrt und suchen uns unsere Einfahrt anhand der aufgestellten Bojen, die uns den Weg durch das an und für sich seichte Wasser weisen. Wir sind in den Rio Guadalquivir eingebogen. Der Name kommt aus dem Arabischen und bedeutet „Großer Fluss" und das ist er tatsächlich. Wir könnten ohne weiteres bis nach Sevilla segeln, aber erstens lässt es die Zeit nicht zu, und zweitens müssten wir dann wahrscheinlich den Mast herunterholen, und das ist viel zu umständlich. So fahren wir kurz nach der Mündung nur etwas weiter und dort, vor der ehemals kleinen Fischerstadt Sanlúcar de Barrameda und gegenüber dem Hafen Bonanza am herrlichen Naturpark von Doñana ankern wir.

Coto de Doñana ist Nationalpark und Naturschutzgebiet mit einer einzigartigen Landschaft, geformt aus den Sedimenten, die der Guadalquivir auf seinem Weg in den Atlantik hier ablagert. Das dadurch entstehende Feuchtgebiet dient Tausenden von europäischen Zugvögeln als Rastplatz auf dem Flug in ihre warmen Brutgebiete in Afrika. Aber auch für andere unzählige Tierarten bietet der Park mit seinen meterhohen Dünen und seinen durch die Vegetation gefestigten Böden einen idealen Lebensraum.

Und wieder schreibt Neumann etwas außerordentlich Interessantes: *An einer der nächst Troja und Kreta wichtigsten Handelsstädte der frühen Antike steuern wir unser Schiff vorbei an Tharsis oder Tartessus, Endpunkt der ältesten mittelmeerischen Handelsroute nach Westen. Hier haben die kretischen Seefahrer von Händlern anderer Völker Zinn, Bernstein und Silber eingehandelt. Nach der Zerstörung des kretischen Reiches von König Minos durch Erdbeben und dorische Eroberung hat der phönizische Seehandel Tartessus übernommen. Viele antike Schriften nennen diese Stadt. König Salomo hat seine Schiffe hierher gesandt. 500 Jahre v. Chr. wurde Tartessus von den Karthagern zerstört. Tartessus lag im Mündungsgebiet des Guadalquivir. Seine genaue Lage kennen wir nicht. Zur Römerzeit bestand noch ein Dorf Tartessus. Doch die durchgeführten Ausgrabungen durch den deutschen Professor Schulten blieben erfolglos. Haben Sanddünen die Ruinen der Handelsstadt zugeweht? Ob ein aufmerksamer Sportschiffer sie bei einem Landgang an dem Coto de Doñana einmal frei geweht findet? Tartessus aufzufinden, wäre ein archäologisches Ereignis von unvorstellbarem Rang.*

Einen Landgang konnten wir allerdings nicht unternehmen. Unser Nachmittag spielte sich fast dramatisch ab, zumindest für Carmen, Mirko und mich. Wir drei machten uns mit Otto auf, an Land zu gehen. Da Hochwasser war, konnten wir mit dem Beiboot ziemlich weit an der Küste hinauffahren, dann jedoch mussten wir es ein Stückchen weiter die Küste einwärts tragen, damit es ja nicht vom Wasser fortgeschwemmt würde. Danach wollten wir im Naturpark einen Spaziergang machen, aber überall stießen wir auf Zäune, Drähte und Wachtürme, an ein Eindringen war nicht zu denken, zumindest nicht von dieser Seite kommend.

Also gingen wir die Küste entlang, wieder ein einzigartig schöner Spaziergang, beobachteten Fischer, wie sie bei eintretender Ebbe Kleintiere, vor allem Krebse aus dem feuchten Sand einsammelten. Übrigens sind das ungemein lustige Tiere. Wenn man sich ihnen nähert, bohren sie mit rasender Geschwindigkeit kleine Löcher in den Sand, in denen sie dann im Handumdrehen verschwunden sind, was man bei so großen Tieren und so kleinen Löchern immer wieder mit Erstaunen beobachtet.

Langsam schlenderten wir zu Otto zurück, aber … wo lag der denn? Zwar noch an der gleichen Stelle, an der wir ihn abgesetzt hatten, aber die Ebbe hatte so stark und rasch eingesetzt, dass er mehrere Meter vom Wasser entfernt auf dem sandigen Küstenstreifen lag. Und was bitte schön war das? Zwischen unserem stets zu Diensten bereitstehenden Otto und dem Meer war nichts als Matsch, Fango und Morast! Wir erkämpften uns den Weg zu ihm hin, aber was sollten wir jetzt machen? Von hier oben aus ans Wasser tragen? Wo wir doch selbst kaum laufen konnten, ohne gleich knietief im Morast zu versinken? Wie gut, dass wir noch nicht wussten, zu was wir an diesem Nachmittag noch alles fähig sein würden. Jedes zögerliche Überlegen nutzte ja nichts, also schafften wir unser kleines Boot mit vereinten Kräften durch den Morast erst einmal ans Wasser, und das ist hier leichter hingeschrieben als getan. Der Otto wiegt nämlich unwahrscheinlich viel! Trotzdem – geschafft! Jetzt Motor an und dann gegen die sehr starke Strömung flussaufwärts zurück in Richtung von Hillaseven.

So jedenfalls hatten wir es vor, aber – oh Schreck, der Motor streikte! Was wir auch machten, der Motor sprang nicht an. Rudern gegen die Strömung war ganz und gar unmöglich, außerdem wurden wir mittlerweile, während wir noch beratschlagten, bereits weit in die Flussmitte in Richtung Bonanza abgetrieben. Blieb also doch nichts anderes übrig, als in die Richtung, in die wir getrieben wurden, zu rudern und damit zumindest mal Land zu erreichen! Nach mühevoller Anstrengung kamen wir endlich ans Ufer.

Aber auch hier mussten wir entsetzt feststellen, dass es nur schlammiger Boden war, in den wir gleich wieder knöcheltief einsanken, allerdings nur, wenn wir uns – stocksteif stehend – überhaupt nicht bewegten!

Große Beratung. Was machen wir? Nehmen wir Otto hoch und tragen ihn, es waren mittlerweile mindestens ein oder zwei Meilen bis Hillaseven, und außerdem müssten wir ihn bis weit oberhalb unseres Bootes schleppen, sonst würden wir von der Strömung immer wieder abgetrieben. Otto hochzuheben, bedeutete aber tief und tiefer in den Schlamm einzusinken, abgesehen davon, dass unser Beiboot auch für drei Leute über eine längere Strecke eine viel zu große Last bei diesem glitschigen Boden war. So suchten wir einen Abschnitt, wo es vielleicht nicht ganz so matschig und rutschig wäre… vielleicht in Ufernähe direkt im Wasser? Wieder weit gefehlt, denn der Morast, der ja Voraussetzung für den artenreichen Vogelbestand war, war auch hier überall anzutreffen.

Was nur tun? Alle drei durch den Morast zu laufen, war auch keine Lösung. Ratlos schauten wir uns an und entschlossen uns zu einem fast unmöglichen Schritt! Carmen und ich setzten uns in unseren Otto, während Mirko anfing zu schieben. Das Beiboot glitt zwar über den Schlamm, aber Mirko konnte nur sein Gleichgewicht halten, indem er sich auf Otto stützte und gleichzeitig bis weit oberhalb der Knie im Schlamm watete. Eine schrecklich mühevolle und kräftezehrende Art der Fortbewegung, mehr noch, es war eine unmenschliche Anstrengung. Wir wollten uns ablösen, aber ich muss ehrlich sagen, hier reichten meine Kräfte einfach nicht aus. Carmen schob und schubste eine Weile mit, aber allein schaffte auch sie es nicht, Mirko musste die meiste Arbeit übernehmen. Es war ein fast gruseliges Erlebnis, das Erzählungen über Menschen, die im Moor versanken, weckte. Das Gurgeln und Glucksen der schlammigen Blasen, die rund um uns aufstiegen, machte diese Erzählungen auf grausige Art sehr gegenwärtig. Ein Erfolg des mehr als langsamen Fortkommens erschien immer unerreichbarer.

Und Hillaseven? Sie lag ganz nah und doch so unerreichbar weit weg. Karl-Heinz, der an Bord saß und sich über uns halb tot lachte, (ja, ja, wie heißt es doch so treffend – wer den Schaden hat, braucht für den Spott nicht zu sorgen!) konnte uns wirklich nicht helfen, denn bei Ebbe war das Niedrigwasser hier viel zu flach. Er konnte unmöglich den Motor anwerfen und uns zu Hilfe kommen, dann wäre er auch mit Hillaseven abgetrieben worden oder irgendwo aufgelaufen, ein Risiko, das er einfach nicht eingehen durfte. Also musste er tatenlos unseren nun schon verzweifelten Bemühungen zuschauen und hoffen, dass wir es irgendwie schaffen würden. Es war eine höllische Anstrengung, von oben bis unten waren wir voller Matsch, Otto war nicht mehr beige, sondern grün-schwarz, uns lief der Schweiß, vor allem unserem armen ersten Offizier, der sich redlich abmühte, „seine" Frauen in Sicherheit zu bringen.

Weit oberhalb von Hillaseven konnten wir dann die Ruder benutzen, aber zur Sicherheit ließen wir uns von unserem Käpt'n in der Höhe von Hillaseven noch eine Leine zuwerfen, denn die Strömung war so stark, dass die geringste Abweichung von unserer Richtung uns unweigerlich wieder zu unserem Ausgangspunkt zurückgerissen hätte. Die bloße Vorstellung davon erfüllte uns mit Panik.

Als wir endlich an Bord ankamen, fand erst mal ein richtiges Trinkfest statt, denn unser körpereigener Wasserhaushalt musste unbedingt wieder aufgeladen werden. Dann erst kam eine totale Reinigung. Fangobäder sollen ja heilende Kräfte haben, aber auf so anstrengende Art genossen, dürften sie wohl nicht zu empfehlen sein.

Nach diesem außergewöhnlichen Erlebnis verbrachten wir ganz wunderbare Stunden an Bord, völlig dem Naturschauspiel von Coto de Doñana hingegeben. Gegen Abend erschienen am Rand des Wassers Hirschkühe, die in fast majestätischer Ruhe grasten. Ein sanfter Abend neigte sich über die Landschaft, Fischreiher zogen ihre weiten Kreise, bevor sie sich auf den eigens hierfür aufgestellten Pfosten niederließen. Seeadler schwangen sich in die laue Luft. Und da – ein Wildschwein, noch eines und noch eines. Friedlich in einem stillen Nebeneinander grasten sie zusammen mit den Hirschkühen. Wir wurden ganz still, vertieft in den Anblick und in die rauchblaue Stimmung dieses leuchtenden Sommerabends. Rot senkte sich die Sonne, ein Vogelschwarm kreiste mit heftigen Flügelschlägen über dem Ufer, bis er, schwarze Schatten gegen den Abendhimmel, in den Wipfeln der Bäume landete. Es herrschte ein Frieden, vor dem wir uns unwillkürlich am liebsten verneigen würden.

Es ist eine atemlose Stille und doch angefüllt mit einer unglaublichen Lebendigkeit, überstrahlt von einem goldenen Glanz, je tiefer die Sonne sank. Die Hirschkühe verschwanden im Dunkel des Waldes, während die Wildschweine als schwarze Umrisse ganz nah blieben. Der Schrei eines Vogels, das Plätschern der Wellen, das Rauschen eines Schwarms, und doch alles gedämpft in einer poesiegeladenen, flimmernden, geheimnisträchtigen Stimmung, deren Einfluss sich niemand von uns entziehen konnte. Ich muss an die vielen Brandanschläge denken, die Doñana immer wieder erleiden musste, weil hier ideales Baugebiet entstehen könnte. Jedes Mal wird dabei ein Stückchen Paradies zerstört, verbrennen Tiere, geht wertvolle Flora verloren. Es macht mich sprachlos und so wütend, weil ich einfach nicht begreife, wie man nur so unglaublich geldgierig und ungemein rücksichtslos sein kann. Hier müssen alle notwendigen Maßnahmen ergriffen werden, um den unschätzbaren Wert dieses Nationalparks jetzt und für immer, auch gerade für zukünftige Generationen, zu schützen, zu erhalten und zu bewahren. Ich habe irgendwo mal gelesen, dass die Europäische Union den Spaniern die Hoheit über Doñana entziehen möchte, wenn das Land und die Behörden nicht in der Lage sind, den Schutz dieser einzigartigen Natur, ihrer Tier- und Pflanzenwelt und ihrer einmaligen Schönheit zu gewährleisten und nichts gegen die mutwillige Zerstörung durch drastische Verfolgung und Bestrafung der Täter unternehmen. Möge die Drohung doch nur umgesetzt werden! (Kleine Anmerkung am Rande: Die UNESCO erhob Coto de Doñana 1994 zum Weltnaturerbe).

Lange saßen wir an Deck, sprechen war nicht vonnöten, wir fühlten wohl alle das Gleiche und derselbe Friede und dieselbe Ruhe hüllten uns ein. Langsam verschwammen die klaren Schwünge der Landschaft, rot die Ränder der Sommerwolken, fließende Weichheit breitete sich aus, irgendwo fern das Tuckern eines Motorbootes. Über Bonanza tauchte golden der Mond auf, die Nacht zog herauf und Doñana versank wie eine Traumwelt im Schatten der Dunkelheit. Wie intensiv empfanden wir diese atmosphärische Stimmung, sodass selbst das heißeste Begehren nach Vollendung für diesen Augenblick gestillt war. Aber dann kamen die Menschen. Und mit ihnen der Lärm.

Von Bonanza und Sanlúcar drang er herüber in diese märchenhafte Welt. Mit Dröhnen und Tosen und Trommelwirbeln und lärmender, hektischer Musik erwachte die Nacht der Diskotheken, der Bars und der Vergnügungsviertel beider Städte. Floh das Wild nicht erschreckt? Stoben nicht die Vögel auf? Erhob sich nicht der Seeadler mit weitem Flügelschlag? Nein, vielleicht hatten sich die Tiere in stiller Weisheit an die Menschen gewöhnt, nur wir konnten uns in diesem Moment nicht erklären, dass man zu einem so unharmonischen Lärmen, zu einem derart zügellosen und rücksichtslosen sich Vergnügens fähig war. Schlafen konnte keiner in dieser Nacht, die von dem, was andere Musik nennen, widerhallte, aber das war mir eigentlich egal. Ich litt mit der Natur, mit den Tieren, die ihrer friedlichen Stille beraubt wurden; jeden dumpfen Ton empfand ich körperlich und stellte wieder einmal fest, dass wir Menschen möglicherweise das überflüssigste Wesen auf Gottes weiter Erde sind.

23. Tag

22. Juli

Nach dieser extrem lauten Nacht hoben wir recht früh am nächsten Morgen den Anker. Wir mussten bis zur Richtungstonne drei die gleiche Strecke zurückfahren, wie wir sie gestern gekommen waren. Immer schön in der Flussmitte, um nicht in die seichten Feucht- und Sumpfgebiete abgetrieben zu werden.

40 sm legten wir bis zum Rio Piedra zurück. An den ersten, überfüllten Städtchen fahren wir vorbei, tief in den Fluss vordringend, bis wir bei EI Rompido einen wunderschönen Ankerplatz entdeckten. Welch ein reizendes Dorf. Ganz einfach, mit kleinen verwinkelten Gassen, kein Lärm, keine Läden, ein kleines Fischerdorf, ein paar einheimische Touristen, saubere Straßen, einige Frauen fegten und bespritzten sie mit Wasser, und überall Schilder, die darauf hinwiesen, dass das Dorf allen gehörte und dass man es deshalb bitte sauber halten möge. Kinder, die auf den Straßen spielten, ein paar Segelboote, einige einfache Restaurants und Gartenlauben, in denen wir in den folgenden Tagen recht gut aßen. Ein kleiner Supermarkt, ein Telefon, ein Briefkasten, was nicht immer selbstverständlich ist und dahinter und davor begann die ausgetrocknete Landschaft, die aufgebrochene Erde, die hitzedurchglühten Felder, die jetzt bereits ausgedörrt und kahl sind. Unzählige Kakteen verleihen der Landschaft den Charakter von Wüste und Trockenheit.

Nachdem Hillaseven sicher geankert war, nahmen wir Otto und fuhren an den großen Steg, an dem die schweren Fischerboote anlegen, um ihren Fang abzuladen.

Es herrschte Samstagsstimmung im Dorf. Eigentlich wie in jedem anderen Land auch. Ich entsinne mich, dass samstags in Dornstetten die Straßen gekehrt wurden, die Kinder wurden gebadet, die Haare gewaschen und Kuchen gebacken. Und genau diese Stimmung fanden wir heute hier auch wieder. Wir machten einen Spaziergang durch das Dorf, gingen noch in den Supermarkt, der trotz Samstag noch geöffnet hatte und ersetzten, was uns auf dem Boot fehlte, vor allem Mineralwasser. Carmen und Mirko brachten die vollen Tüten an Bord.

Danach machten wir uns zu einem langen Gang auf, der wirklich ausgesprochen beschwerlich war, da wir dauernd auf der Landstraße laufen mussten, wo die wie verrückt rasenden Autos haarscharf an uns vorbei brausten. Zu beiden Seiten teils sehr schöne Villen, offensichtlich die Ferienoase der reicheren Spanier, die ihre Ruhe in einer nicht jedem bekannten Abgeschiedenheit suchen.

Am Strand konnten wir nicht entlanglaufen, da auch hier wieder sehr viel Schlamm das Passieren einzelner Stellen unmöglich machte, und ein bereits genossenes Schlammbad in diesem Urlaub genügte uns völlig. Also Landstraße, wir wollten nämlich den Jachtclub kennenlernen, an dem wir Stunden zuvor vorbeigesegelt waren. Viele kleine Boote liegen dort und nur wenige Segeljachten. Auch der Club selbst ist winzig, obgleich offensichtlich ein reges Clubleben herrscht. Wir nahmen einen Drink, vor allem aber wollten wir uns ein bisschen ausruhen, denn wir waren mindestens eine Stunde gelaufen und das bei Bedingungen, die wirklich nicht zum Gehen einluden. Der Rückweg ging schneller, vielleicht weil wir seine Länge jetzt bereits kannten und weil wir uns lachend beweisen wollten, dass es doch eigentlich gar nicht so schlimm war auf einer steinigen Schotterstraße mit vorbeiflitzenden, Staub aufwirbelnden Autos zu laufen!! Am späten Abend setzten wir uns noch auf die Terrasse eines ganz einfachen Restaurants, tranken Bier und Wasser und ließen die beschauliche, dörfliche Ruhe auf uns wirken. Draußen, im Licht der untergehenden Sonne lag Hillaseven, in diesem Sommer unser Zuhause, auf das wir immer wieder gern zurückkehren ...

24. Tag

23. Juli

Da man uns gesagt hatte, dass die Werkstatt bereits um acht Uhr morgens aufmacht, habe ich Mirko heute ausnahmsweise sehr früh geweckt, damit er gleich zu Arbeitsbeginn drüben ist, weil man ja nie weiß, wie ausgelastet die Leute sind und ob sie die Reparatur unseres Otto-Motors noch einschieben können.

Aber weder um acht Uhr noch später, als wir dann alle zusammen an Land gingen, öffnete die Werkstatt. Wir waren sehr verwundert, hatte uns doch der Inhaber gestern angeboten, den Motor heute vorbeizubringen. Doch er war weder telefonisch noch anderweitig aufzutreiben und die Nachbarn konnten uns auch keine Auskunft geben. Da blieb nur geduldig sein und weiterhin warten.

Währenddessen machte ich viele Aufnahmen von dem Dorf, wir nahmen noch einen Kaffee und gegen elf Uhr tauchte dann endlich der junge Mechaniker auf. Es hatte unerwartete Probleme mit seinem kranken Vater gegeben, weshalb er nicht zur vereinbarten Zeit da sein konnte. Später erzählte uns Karl-Heinz, der bei der Reparatur vor Ort geblieben war, um gleich etwas dazuzulernen, dass wir den Aufwand nicht zu bezahlen brauchten, weil wir so lange hätten warten müssen. Ein typisches Beispiel für die sonst wohl nirgends zu findende Zuvorkommenheit der Spanier.

Wir drei, Carmen, Mirko und ich, die wir jetzt schon bei den Spaziergängen eine kleine Einheit bildeten, machten uns auf den Weg nach Cartaya, denn wir wollten dort einen Bankschalter finden.

Gleich an der Dorfausfahrt hatten wir Glück und fanden einen Fahrer, der uns bis in den Ort, ungefähr 6 bis 8 km entfernt, mitnahm. Den steilen Hinweg hätten wir an diesem noch recht angenehmen, fast kühlen Morgen wahrscheinlich mühelos geschafft, aber der Rückweg in der glühenden Mittagshitze wäre eine Qual gewesen.

Cartaya entpuppte sich als sehr nette Kleinstadt, ebenfalls erstaunlich sauber und gepflegt, mit vielen Geschäften und noch mehr Banken, sodass wir erst einmal Geld abheben konnten. Wie schnell ist das immer im Urlaub (und auch sonst!) ausgegeben.

Wir streiften durch das Dorf, entdeckten eine alte, noch sehr gut erhaltene Burg, eine sehr schöne Kirche und viele Ecken und Gassen zum Fotografieren. Wir wollten dann um ein Uhr mit dem Autobus nach Rompido zurückfahren. Aber, entweder hatte man uns eine falsche Abfahrtszeit genannt, oder wir hatten etwas missverstanden oder, wie es so oft in diesen kleinen, abgelegenen Dörfern der Fall war, der Bus war bereits früher an der Haltestelle angekommen und ist einfach fortgefahren. Schließlich erfuhren wir, dass es an diesem Nachmittag keine weitere Busverbindung geben würde. Und nun? Unser Käpt'n würde sich vielleicht Sorgen machen, weil wir so lange fortblieben, und die Vorstellung, er müsse ewig lange in dieser Gluthitze auf uns warten müssen, behagte uns überhaupt nicht. Da Zurücklaufen ausgeschlossen war, versuchten wir es per Autostopp. Ich war sehr skeptisch, waren wir doch drei Personen – da halten die wenigsten. Carmen war meiner Meinung, aber Mirko, unser Optimist, glaubte wieder einmal an unser Glück und sollte recht behalten. Als ziemlich bald ein Fahrer den Blinker setzte und am Straßenrand hielt, waren seine ersten Worte erwartungsgemäß: „Ihr seid ganz schön viele, mein Auto ist zwar nicht sehr groß, aber kommt rein!" Wie dankbar und erleichtert wir waren, dass er sich unserer erbarmte und sein Mitleid größer war als seine Skepsis über die Mitnahmekapazität seines Vehikels.

Diese Fahrt war ein Erlebnis und passte so wunderbar zu der Landschaft, denn aus dem Autoradio ertönte Flamencomusik und der junge Mann sang mit einer sehr wohlklingenden Stimme die Lieder lauthals mit, sodass wir mit jeder Faser unseres Körpers spürten, hier sind wir im tiefsten Andalusien. Ockerhelle, verbrannte Erde, Disteln und dürre Felder, tiefblauer Himmel, brennende Sonne und Hitze, die den Teer der Landstraße aufweichten, flimmernde Luft über weißen vereinzelt liegenden Häusern und Höfen, das einsame Gebell eines Hundes und diese melancholische Musik. Dazu der Wind, der durch die weit geöffneten Fenster strömte und die Hitze erträglicher machte. Wir haben diese Mitfahrgelegenheit wirklich sehr genossen, waren dankbar und erleichtert darüber, dass wir am Ende den Weg nicht hatten zurücklaufen müssen.

In EI Rompido begaben wir uns in ein kühles Gartenrestaurant, wo wir ganz frischen Fisch aßen. Wir genossen es, so freundlich bedient zu werden, und ich gebe zu, dass ich mich jedes Mal freue, wenn ich nicht in der Kombüse stehen und kochen muss, ist doch Urlaub auch mal nichts oder wenig tun und sich verwöhnen lassen.

Nach einer kleinen Ruhepause an Bord machten wir uns, diesmal zu viert, zu einer kleinen Fahrt mit Otto auf. Wir fuhren flussaufwärts, entlang des gegenüberliegenden Ufers bis zu Mauerresten verfallener Häuser und Anlagen, wo wir annahmen, festen Fuß fassen zu können. Und so war es auch.

Mit uns legte ein Motorboot ebenfalls an dieser Stelle an. Wir brachten Otto weit oben in Sicherheit und machten uns dann zusammen mit den Bootsbesitzern auf, die Landzunge zu erkunden. Welch eine Überraschung. Durch moorige, von Hunderten von Kakteen bewachsene und von Meeresarmen durchzogene Landschaft überquerten wir die Landzunge und fanden uns auf der anderen Seite an einem herrlichen, ganz wilden Strand wieder. Ein endloser Sandstrand, der weite Ozean und wir. Keine Trinkbude, fast keine Menschen, die Wellen überschlugen sich in blauen Wasserkaskaden. Meine drei wassersüchtigen Mitspazierer warfen sich jauchzend in dieses herrliche Nass, ich konnte mal wieder meine Wasserangst nicht überwinden, was ich jedoch nicht als besonders beeinträchtigend empfand, denn ich hatte meine Kamera dabei und wohin das Auge auch blickte, fand ich die allerschönsten Motive. Das kleine Mädchen, offenbar Tochter des mit uns angelandeten Ehepaares, spielte und planschte vergnügt im Sand oder Wasser und gab aus der Ferne das perfekte Motiv, ein kleiner Punkt in einer traumhaften Landschaft aus weiß und blau und vor einem nicht enden wollenden Horizont. Meine drei Begleiter konnten von dem Spiel mit den Wellen einfach nicht genug kriegen, sie hatten so viel Spaß. Ich hörte sie lachen und rufen, sah, wie sie aus dem Wasser auftauchten, um gleich wieder darin zu verschwinden, wie sich die jungen Leute mit weit nach vorne ausgestreckten Armen von den brechenden Wellen bis fast an den Strand treiben ließen, um gleich wieder in die Fluten zu laufen.

Irgendwie beneidete ich sie für dieses unbeschwerte, furchtlose, ausgelassene, angstfreie Toben im Wasser, aber alle unsere Kinder haben bereits in ganz jungen Jahren schwimmen gelernt. Erstens verbrachten sie an den heißen Tagen Madrids viel Zeit im großen Freibad des Club Canoe und zweitens haben wir unseren Urlaub seit einer gefühlten Ewigkeit mit ihnen in Laredo am Meer verbracht.

Wir bedauerten sehr, diesen paradiesischen Flecken Erde nicht schon vorher entdeckt zu haben. Da es aber schon spät am Nachmittag war, wollten wir nicht noch länger bleiben. Schlau geworden aus den Erfahrungen in Doñana, wollten wir kein Risiko eingehen und unbedingt nach Otto schauen, aber es tat uns sagenhaft leid, dass wir nur so kurze Zeit diesen Strand, seine Weite, seine Einsamkeit und seine unglaubliche Schönheit genießen konnten.

Am Abend, als Carmen und Mirko nochmals zu einem Abschiedsbesuch ins Dorf gingen, blieben wir an Bord. Ich habe einiges ausgewaschen und für morgen gekocht, denn wir wollen früh aufbrechen, um die Strömung, die hier sehr stark ist, auszunutzen, um aus der Flussmündung herauszukommen.

Wenn ich so an Bord koche, wasche oder sogar backe, fällt mir immer wieder auf, mit was für einer minimalen Ausstattung ich eigentlich auskomme. Ich benötige weder einen Riesenherd, noch eine Mikrowelle, eine Spülmasche, einen elektrischen Mixer! Nein! Ich komme mit dem mickrigen Ofen sehr gut zurecht. Dabei wärme ich keineswegs nur Dosen auf! Mir gelingen sehr leckere, wenn auch einfache Mahlzeiten aus frischen Zutaten mit viel Gemüse, dabei verwerte ich auch manchmal Reste aus Vortagen, denn Essen wegwerfen kommt bei mir nicht in Frage.

In jedem Fall lobt die Crew stets meine Kreationen, worüber ich mich sehr freue. Hier vermisse ich höchstens den großzügigeren Wasser- und Stromverbrauch. Beides scheinen wir an Land endlos nutzen zu können, an Bord jedoch müssen wir mit diesen Ressourcen sparsam umgehen.

Und schon ist da wieder dieses zwiespältige Gefühl zwischen der Traumvorstellung, das Haus doch zu verkaufen und für die längste Zeit des Jahres auf einem größeren Katamaran zu wohnen, und den berechtigten Zweifeln, ob ich jemals meine Angst überwinden und meine Seekrankheit in Griff bekommen werde, um dieses Bootsleben richtig genießen zu können. Vom Älterwerden mal ganz abgesehen! Außerdem mache ich mir nichts vor, sowohl Karl-Heinz als auch ich genießen den Luxus und die Bequemlichkeit eines gemütlichen, warmen Wohnzimmers mit Stereoanlage und Fernseher und alle sonstigen Annehmlichkeiten eines wohnlichen Zuhauses.

Wäre es anders geworden, wenn wir 20 Jahre früher mit dem Segeln angefangen hätten? Wären zwischenzeitlich meine Angst und die Übelkeit verflogen? Und was ist mit menschlichen Kontakten, Freundschaften, Bekannten? Ich käme, glaube ich, ganz gut alleine zurecht.

Meine Kinder haben schon immer gesagt, ich sei überhaupt kein geselliger Mensch, aber habe ich jemals jemand anderen gebraucht außer meiner Familie, meinen Mann und meine Kinder? Ich habe doch die wichtigsten Menschen in meinem Leben bei mir, dazu meine Leidenschaften fotografieren und schreiben, was brauche ich mehr? Ich habe mich nie einsam gefühlt, im Gegenteil, ich kann mich in der Einsamkeit sehr gut einrichten und fühle mich sehr wohl dabei. Gut, zugegeben, zwei Elternteile plus sieben Kinder vor zwanzig Jahren auf einem Katamaran mit einem mickrigen Ofen… Schwierig! Ich muss unweigerlich lachen. Schluss mit den Grübeleien, den Fragen und Überlegungen, sie sind eh müßig.

Unser traumhafter Urlaub verführt uns zu diesen Tagträumen… Sonne auf braungebrannter Haut, keine gesundheitlichen oder finanziellen Sorgen, das harmonische Miteinander, die vielen schönen Landschaften und Orte, die täglichen Ausflüge, sowie die vielen Bücher über Segelabenteuer und Aussteiger, die wir zurzeit lesen, können zu einer überschnellen, unüberlegten Entscheidung verleiten. Aber träumen ist ja nicht verboten, solange man die Realität nicht ganz aus den Augen verliert.

25. Tag

24. Juli

Diesmal schellte der Wecker früh am Morgen, es war noch dunkel, deshalb machte ich erst das Frühstück, bevor ich die anderen weckte. Wir wollten zwar früh los, aber hell sollte es schon sein. Es ist immer wieder ein ganz besonderes Vergnügen nach einer Rast, und wenn sie nur drei Tage dauerte, die Anker zu heben und einem neuen Segeltag entgegenzusteuern.

60 sm sind es bis nach Vilamoura, wo wir noch heute ankommen wollen. Von dort wird Carmen dann eine Verbindung nach Madrid suchen, da sie am 1. August in England sein muss. Sie hatte sich schon vor Monaten verpflichtet, als au pair in einem Haushalt zu helfen, um damit ihre Englischkenntnisse aufzubessern. Schade – das Zusammensein mit ihr an Bord war sehr harmonisch gewesen und für Mirko tat es uns leid. Er muss ab dann leider nur noch mit uns vorliebnehmen. Aber es wäre nicht unser Mirko, wenn er nicht gleich versicherte, dass die Zeit mit Carmen natürlich sehr schön gewesen wäre, aber dass er sich darüber freue, den Rest des Urlaubs weiterhin mit uns zu verbringen. Wie viel bedeutet mir dieses Zusammensein mit ihm.

Ab Vilamoura hört dann allerdings das Luxusleben auf. Der zweite Teil unseres Törns wird wohl sehr anders werden. Manchmal sprechen wir von der Kälte, von der Nässe, von dem Wind und dem Regen, der uns vielleicht auf dieser Strecke erwartet, und weinen im Stillen dem warmen Süden eine heiße Träne nach. Aber auch diese Strecke wird ihre Schönheiten und viel Erlebenswertes haben, an das wir uns später, im Herbst oder Winter bestimmt gerne erinnern werden. Außerdem wird es eine ganz neue Herausforderung sein, an dessen Ende die triumphale Einfahrt in unseren Zielhafen Laredo steht, nachdem wir drei Jahre im Süden unterwegs gewesen sind. Gewiss wird es einen freudvollen Empfang durch unsere Bekannten und durch die vielen Segler des Jachtclubs geben.

Um sieben Uhr heben wir den Anker und gleiten an den verschlafenen Dörfern und der schattenhaften Küste entlang, die in der aufgehenden Sonne langsam Konturen und Farben annimmt. Die Sonne leuchtet rot im Dunst des aufsteigenden Morgens und verspricht einen weiteren warmen und hellen Sommertag. Dennoch spüren wir bereits, dass wir im Atlantik sind, denn selten ist der Bikini jetzt den ganzen Tag unser einziges Kleidungsstück an Bord, viel eher fühlen wir uns im molligen Trainingsanzug wohl.

Vilamoura ist eine Marina mitten in der Algarve, die einzige an der gesamten portugiesischen Küste, wenn man von Lissabon absieht. Bei unserer ersten Fahrt hat sie uns stark beeindruckt, aber das kam vor allem daher, dass wir auf der gesamten Strecke von Bayonna aus nur in kleinen und kleinsten Fischerhäfen geankert hatten, ohne Duschmöglichkeiten, ohne Wassertanks und unter sehr einfachen Verhältnissen. Da erschien uns Vilamoura sozusagen als Tor zum Mittelmeer, zu großen Jachthäfen und luxuriöser Bequemlichkeit.

Doch jetzt fanden wir den Hafen schlicht und einfach und als nichts Besonderes mehr. Was hatten wir auf den Balearen für herrliche Orte kennengelernt und in welch traumhaften Jachthäfen entlang der Südküste Spaniens Halt gemacht, die unsere Ansprüche mehr als nur zufriedenstellten.

Seltsamerweise ist Portugal in seiner ganzen Entwicklung leider weit hinter Spanien zurückgeblieben. Das finden wir irgendwie sehr traurig – so ein schönes, ein einmaliges Land, aber diese Armut, diese Gleichgültigkeit dieser Situation gegenüber ist uns einfach unverständlich.

Nach Francos Tod haben die Spanier in die Hände gespuckt und voller Zuversicht und Elan überall einen Neuanfang gestartet, offen für alles, neugierig, wissbegierig und mit viel Hoffnung und Vertrauen in die Entwicklung ihrer Zukunft. Hier erleben wir genau das Gegenteil.

Und das spiegelt sich auch in diesem Jachthafen wider. Was ich damals als elegant und großartig empfand, stellt sich jetzt als leicht schäbig, abgenutzt und teilweise vernachlässigt heraus. Und dazu noch die Unhöflichkeit der Menschen, eine Eigenschaft, die uns im Laufe dieses Sommers sehr oft bei den Portugiesen auffallen sollte, vor allem, wenn sie merkten, dass wir aus Spanien kommen. Eifersucht? Missgunst? Wir wissen es nicht. Das sollen auch keine Kritik und Verallgemeinerung sein, aber schon bei unserem ersten Besuch Ende der Sechzigerjahre in Lissabon hatte ich den Eindruck, dass die Portugiesen bei Weitem resignierter wirkten als ihre Nachbarn.

Es bestand schon damals ein ausgeprägter Neid auf die Spanier, nennen sie sich doch selbst die armen Verwandten auf der Halbinsel. Aber statt dagegen anzukämpfen, statt etwas dagegen zu unternehmen, verwahrlost alles.

Selbst Besitztümer vermeintlich reicher Leute haben diesen Hauch von Verwahrlosung und Niedergang, zerbrochene Fenster, schief in den Angeln hängende Türen, heruntergewehte Dachziegel oder ungepflegte Gärten. Es erweckt den Eindruck, als lohne es sich gar nicht, aus dieser Misere herauszukommen, eine Einstellung, die wir noch sehr häufig werden beobachten können und die sehr deprimierend wirkt.

Als bei dem eben erwähnten Aufenthalt damals in Lissabon eine Hotelangestellte merkte, dass wir aus Spanien kamen, schlug uns so viel Abneigung, fast Hass auf ihre spanischen Nachbarn entgegen, dass wir erschraken.

Aber jetzt sind wir erst einmal in Vilamoura angekommen, allerdings nach endlosen Einklarierungsvorgängen. Und die werden sich anschließend in jedem Hafen wiederholen, obgleich man uns hier versicherte, dass es mit diesem ersten Einklarieren ins Land ausreichend sei und wir erst wieder beim Ausklarieren Kontakt mit der Hafenpolizei aufnehmen müssten. Aber in jedem Hafen, bevor wir überhaupt Anker geworfen hatten, standen Polizei- und Zollbeamte bereits am Pier und jedes Mal mussten Papiere wieder von vorne ausgefüllt und mögliche Wareneinfuhren deklariert werden. Was die Spanier an Kontrollen zu wenig haben, denn hier wurden wir nur ein einziges Mal nach unseren Papieren gefragt, empfinden wir hier als extrem übertrieben.

Ich muss heute noch lachen, wenn ich an dieses eine Mal zurückdenke. Karl-Heinz wurde nach seinem Segelschein gefragt, den er nicht besaß, hatte er doch seine Segelkenntnisse in den wenigen Monaten als Marinesoldat, als er kurz vor Kriegsende, gerade 19 Jahre alt, einberufen wurde, erworben. Was tun? Völlig ruhig zog er seinen Führerschein hervor und reichte ihn dem Beamten. Pause!

Wir warteten gespannt und auch ein wenig nervös auf die Reaktion, doch unsere Anspannung war umsonst, lächelnd wurde uns das Papier zurückgegeben und die Hafenpolizei verschwand!

Anders hier in Portugal! Doch irgendwann hatten Kontrolle und Einklarierung ein Ende und wir sind im Land! Man weist uns an einem der vielen Stege einen Liegeplatz zu, ein wenig abseits von allen sanitären Einrichtungen und jedem Einkaufszentrum, damit aber auch gleichzeitig abseits von jedem Lärm, was wir sehr begrüßten.

Um 5 Uhr machten wir am Steg fest. Da wir bereits wussten, dass sich die Duschen weiter entfernt, im Zentrum der Hafenanlage befanden, zogen wir den Wasseranschluss auf dem Steg vor. Im Freien mit Schlauch und im Badeanzug konnten wir so viel Wasser nutzen, wie wir wollten, und das genossen wir ausgiebig.

Wir machten uns hübsch und stadtfein und dann auf den Weg zu dem uns bereits bekannten Vilamoura. Wenig hatte sich in den drei Jahren verändert, außer dass die Anlegestege und das ganze Hafenbecken erweitert worden waren. Ansonsten finden wir die gleichen Restaurants, die gleichen Läden mit ihren mehr oder weniger eleganten Auslagen, das große Hotel, das damals mit seiner Lichterflut einen wirklich nachhaltigen Eindruck auf uns gemacht hatte, die gleichen Bars und Nachtclubs.

Der Jachthafen von Vilamoura ist zwar schlicht, aber sehr schön, mit internationalem Flair, da Jachten aus der ganzen Welt hier den Winter über festmachen. In Puerto Sherry hatten wir den alten Iren wiedergetroffen, den wir 1987 in Vilamoura kennenlernten und der mit seiner Frau auf einem großen Katamaran lebt. Er erzählte uns, dass sie die Sommer in Puerto Sherry verbringen und wenn dort die Stürme unerträglich wurden, gingen sie im Winter in Vilamoura vor Anker. Das Wetter bestimmte, an welchem der beiden Häfen sie sich gerade aufhielten.

Auch eine Art, das ganze Jahr über auf seinem Boot zu leben. Kann man damit wirklich zufrieden sein? Jedes Frühjahr 60 Seemeilen nach Puerto Sherry und im Herbst 60 sm zurück nach Vilamoura? Für mich sieht Abenteuer und Abwechslung anders aus!

Heute Abend gingen wir essen, holten Carmens Flugticket ab und kehrten dann relativ früh an Bord zurück. Übermorgen hat der Sommer für sie auf See ein Ende, und offensichtlich fiel es ihr überhaupt nicht leicht, diesem Leben, das sie erst mit uns kennenlernte, Adieu zu sagen. Na ja, es brauchte ja nicht das letzte Mal zu sein.

26. Tag

25. Juli

Heute Morgen stand vor allem Einkaufen auf dem Programm, Wäsche zum Waschen bringen – die Betten müssen unbedingt überzogen werden und die Handtücher werden bei einem vier Personenhaushalt schnell knapp. Das alles an Bord zu waschen geht gar nicht, zumal es dort auch sehr schlecht trocknet. Danach – das war für mich der wichtigste Teil des Morgens, brachte ich die meisten meiner Filme zum Entwickeln. Wie ein Flitzebogen war ich auf die Ausbeute gespannt.

Den Tag haben wir ruhig verbracht. Mirko und Carmen gingen schwimmen, wir „Alten" wollten lesen, ausruhen, nichts tun. Allerdings habe ich am Abend doch noch einen Friseur aufgesucht. Ich sah schrecklich aus – die Sonne hat mein Haar so sehr ausgeblichen, von schicker Frisur konnte schon gar nicht mehr die Rede sein. Und nachdem selbst der Käpt'n, der meist nichts zu meinem Aussehen sagt, meinte: „Ich glaube, du solltest sie dir mal wieder färben lassen", raffte ich mich zum Friseurbesuch auf. Das Ergebnis war zu dunkel und zu kurz, aber was soll's, ich finde mich wieder schön. Heute habe ich auch zum ersten Mal den in Puerto Banús gekauften grünen Hosenanzug an. Bei dem schicken Outfit nennt mich die Crew liebevoll Miss Hillaseven, aber es gibt ja auch einen Anlass, sich heute Abend schick zu machen, wollen wir doch Carmens Abschied feiern. Wobei feiern nicht wirklich der richtige Ausdruck ist.

Dafür fuhren wir in das benachbarte Quarteira, einem kleinen Fischerdorf. Na ja, weder Dorf noch Fischer, noch klein, mittlerweile verfügte auch dieser Ort über einen ganz modernen Teil, über Hochhäuser und sehr viel Touristenrummel. Wir schlenderten gemütlich auf Wegen, die wir bereits kannten, frischten Erinnerungen auf, schossen Fotos, gingen an der Strandpromenade entlang und landeten zum Schluss in einem Restaurant, das mir vom letzten Mal her sehr schön in Erinnerung war. Leider stellte sich das als Trugschluss heraus, denn als Abschiedsessen hätte ich uns gerne ein besseres Dinner und einen anderen Rahmen gewünscht. Da wir aber bisher recht großzügig gewesen waren und nicht unbedingt in die kleinsten und einfachsten Lokale gegangen sind, müssen wir einen solchen Reinfall schon einmal in Kauf nehmen. Aber dass es ausgerechnet heute sein musste!

Auf dem Nachhauseweg hatten wir gar keine Chance, ein Taxi zu ergattern, so viel Trubel war hier überall, sodass Mirko vorschlug, am Strand entlang zurück zum Boot zu laufen. Ich erinnerte mich aber vom letzten Mal, dass sich dort ein Lager voller Baracken und Blechhütten befand, ein sehr furchterregender Ort, was Mirko erst bestritt, aber ich sollte recht behalten. Vorsichtshalber hatte ich meinen Schmuck ausgezogen. Erstens aus Angst vor einem Überfall und zweitens, weil ich es ziemlich geschmacklos empfand, durch dieses Armenviertel wie eine aufgeputzte Diva zu staksen. Hätte ich diesen blöden Schmuck doch einfach zu Hause gelassen, ich habe ihn doch auch sonst auf der Fahrt bisher nicht getragen.

Es war stockdunkel, kein Mond, keine Sterne und auch keine Straßenbeleuchtung. Noch nicht einmal eine richtige Straße, nur ein ungepflasterter, ausgetretener Weg. Es war Angst erregend, schreckliche Krimiszenen gingen mir durch den Kopf.

Überall waren Bretterbuden mit einer einsam baumelnden Glühbirne, Baracken kurz vor dem Zusammenfallen, Gestank nach Urin und Abfällen. Irgendwo ein heulendes Baby, ein wütend kläffender Hund.

Mitten auf der dunklen Straße plötzlich ein Schatten, wir kommen näher, grüßen den Mann. Sein Gesicht können wir nicht erkennen, wohl aber seine Armut. Am liebsten wäre ich die ganze Strecke gerannt, ohne mich einmal umzuschauen. Es war wirklich sehr beklemmend – untertrieben ausgedrückt. Man musste einen Überfall ja nicht unbedingt herausfordern, und unwillkürlich beschleunigten wir unsere Schritte. Und als wir an der Hinterfront des Hotels ankamen, als wir wieder Lichter sahen, Autos hörten, Leute trafen, waren wir doch recht erleichtert. Den letzten Abend mit Carmen hatte ich mir wahrhaftig anders vorgestellt.

27. Tag

26. Juli

Heute läutete der Wecker den Abschied von Carmen schon morgens um halb sechs ein.

Sie musste sich früh fertigmachen, denn um 6 Uhr wartete vorne am Kai das Taxi auf sie, um sie nach Faro zum Flughafen zu bringen. Sie möchte nicht frühstücken, was ich gut verstehen kann – die Zeit war wunderschön, und nun schnürte ihr ein Kloß die Kehle zu. Ihre Traurigkeit war greifbar, Tränen flossen. Wir machten den Abschied kurz, damit es weniger schmerzte. Dieser Sommermonat mit den „Kindern" war wirklich sehr schön und trotz des relativ engen Raumes sehr harmonisch gewesen und wir freuten uns, dass die „Jungen" ihre Zeit mit uns „Alten" genossen, war das doch nicht immer und überall selbstverständlich.

Am letzten Tag in Vilamoura wollten wir einkaufen, auf die Bank gehen und anschließend putzen. Nicht zu vergessen, die Fotos abzuholen, die ich hier habe entwickeln lassen. Jedes einzelne war gelungen – was für tolle Erinnerungen. Danach ging's ans Kochen für die große Fahrt, denn während des Segelns kann ich mich wegen der bereits oft erwähnten Übelkeit nicht in der Kombüse aufhalten, da kommt nur das Aufwärmen der Speisen in Frage.

Am Abend sind wir mit Mirko noch einmal in einem sehr typischen und stilvollen Restaurant essen gegangen – kleines Trostpflaster fürs Alleinsein. Für uns alle sollte es sowieso ein Abschied vom leichteren, bequemeren Teil dieser Fahrt sein. Ab morgen heißt es, Ärmel hochkrempeln, in die Hände spucken, anpacken!

Vorerst Adieu Zivilisation und Ahoi Hillaseven. Es sollte von nun an etwas anders werden. Auch das wird ein Abenteuer! Es ist für mich immer wieder erstaunlich, wie eng die Bindung an eine Sache, in diesem Fall an unser Boot sein kann. Wenn man mir das von Autos sagte, habe ich das immer nur halbwegs verstanden, denn letzten Endes geht es dabei um einen Gebrauchsgegenstand, für den man schwerlich Gefühle aufbringen kann. Aber bei Hillaseven empfinden wir ganz anders. Wir sind stolz auf sie. Wenn wir sie vom Ufer aus so überaus ruhig und zuverlässig im Wasser liegen sehen, erfüllt uns eine ganz besondere Freude. *Unser* Boot, *unser* Heim auf dem Meer.

Wenn irgendetwas mit ihr ist, sei es am Motor, sei es, dass sie einen Kratzer abbekommt oder in schwierigen Gewässern navigiert werden muss, leiden wir buchstäblich mit ihr. Das klingt wahrscheinlich für alle, die so etwas nicht kennen, übertrieben und unbegreiflich, dabei ist es die Wahrheit. Als sie vor ein paar Wochen in Cabo de Palo auf die Felsen auflief, tat uns jede Schramme, jedes Rumpeln am eigenen Körper weh. Wir litten mit ihr.

Und wir verlassen uns auf sie, mehr noch, wir vertrauen ihr schließlich unser Leben an. Sie ist zuständig für unsere Sicherheit auf dem Meer – aus dem Auto steige ich aus und habe festen Boden unter den Füßen, aber bei einem Boot ist das ziemlich unmöglich. Ich weiß, eigentlich sind wir es ja, die sie navigieren, die bestimmen, wie und wohin wir fahren, aber letztlich ist sie es, die uns durch die wildesten Turbulenzen, durch das ruhigste Wasser, über die größten Entfernungen trägt. Es ist *unser* Boot, mit dem wir uns eng verbunden fühlen. Schon der Geruch nach Holz und Polster und See und Schmieröl, nach Weite und Abenteuer, der

Hillaseven genau wie jedem anderen Boot anhaftet, berührt uns irgendwie heimatlich, wenn wir nach einem längeren Landaufenthalt abends auf sie zurückkehren. Natürlich spielt eine große Rolle, dass ich die schöne und große Kabine habe, aber es ist nicht nur dieser Vorteil, es ist ein schönes Boot, es ist ein behagliches Boot und es ist, wie gesagt, unser sicheres Zuhause auf dem Meer.

28. Tag

27. Juli

Erst um halb zehn Uhr machte die Tankstelle auf, solange mussten wir warten, bis wir die Tanks von Hillaseven auffüllen konnten. Wasser haben wir auch noch gebunkert. Nun konnte es losgehen.

Um 10 Uhr verließen wir bei leichtem Nordwestwind Vilamoura. Trotz Sonnenscheins und Winds von nur 2 bis 3 Beaufort waren Wellen und Wind gegen uns und das bedeutet immer ein böses Durchschütteln, ein Radau und Gepolter, was den Törn ausgesprochen unangenehm macht.

Auf der Höhe von Portimão hatten wir die Nase voll von diesem Ankämpfen und liefen in die Bucht ein, wo wir ankerten. Der Ort selbst soll eines der beliebtesten Reiseziele im Süden Portugals sein, aber dort wollten wir heute nicht hin.

Neugierig waren wir auf die Umgebung. So machten Mirko und ich zuerst einen wunderschönen Spaziergang zum Leuchtturm, von wo aus wir bereits eine Ahnung von der herrlichen Natur der Algarve bekamen. Überall kleine Buchten, bizarre Felsengebilde, tiefblaues Wasser, das in Strandnähe in leuchtendes Grün übergeht. Hoch über uns kreisten Möwen und tief unter uns das Meer und die hellen Strände.

Karl-Heinz war in einer kleinen Bar hängengeblieben, für ihn ist das bergauf laufen zu anstrengend. Dort holten wir ihn dann ab, fuhren mit Otto zum endlos weiten Strand, wo wir wieder einen Spaziergang unternahmen. Es war ein eigenartig schöner Nachmittag. Ein Fischer zeigte uns grüne Aale, die sich um seine Handgelenke schlangen; eigentlich war Portimão einst für die Sardinenfischerei sehr berühmt, ein kleiner Bub ließ seinen Drachen steigen, ein bunter, schwebender Punkt im verströmenden Blau des Himmels. Leichte Berghänge begrenzten den Strand und im Grün der spärlichen Wälder versteckten sich wunderschöne Villen und Herrensitze. Eine Burg direkt am Strand, kleine weiße Wolken, der in der Abendsonne leuchtende weißliche Stein, die rankenden Blumen gaben ihr das Aussehen eines verwunschenen Märchenschlosses.

Gegenüber lag die Stadt selbst, wo wir nicht hinwollten, obgleich man uns gesagt hatte, dass man dort noch das ursprüngliche, unverfälschte Portugal vorfindet. Doch irgendwie drängte es uns weiterzufahren, denn der Zwischenstopp hier war ein erzwungener Aufenthalt, den wir allerdings nicht bereuten.

Nun wurde auch Mirko vom Fotografier-Eifer gepackt, kletterte zwischen Felsen und Riffen und Dünen umher, watete mit aufgekrempelten Hosen und hocherhobenen Armen durchs Wasser, damit die Kamera nicht nass wurde, um die beste Position für seine Bilder zu finden. Es war ein friedlicher, ein guter Nachmittag.

29. Tag

28. Juli

Nach einer sehr unruhigen Nacht durch den Schwell, den wir die ganze Zeit über hatten, holten wir um halb neun den Anker ein. Die ersten Stunden waren noch relativ ruhig, wir hatten ungefähr das gleiche Wetter wie am Vortag, also Wellen und Wind gegen uns. Wir setzen Groß und Genua und laufen in Richtung San Vicente. Eigentlich wollten wir bis nach Sines fahren, aber der Wind blies jetzt mit Stärke 5, die Wellen bauten sich immer höher auf, es war wirklich kein Vergnügen. Dieser Nordwind soll sehr typisch für das Gebiet um den Cabo de San Vicente sein und wenn ich seinem Blasen und Pfeifen zuhöre, wundern mich die kahlen und nackten Hänge und Bergrücken nicht. Nichts kann dieser Gewalt widerstehen, kein Strauch, kein Baum, ein paar harte Gräser vielleicht, was der Landschaft einen trostlosen Charakter gibt. Mit diesem Wetter haben wir nun doch nicht gerechnet und laufen deshalb gegen Mittag in die Bucht und den Hafen von Baleeira, Sagres, ein.

Offensichtlich hat sich Mirko gestern bei seinen Abstechern zu den Felsen von Portimão erkältet. Er liegt mit Fieber in Bett, sodass auch wir keine Lust haben, uns an Land zu begeben. Unser kranker erster Offizier schläft die meiste Zeit oder liest auch ab und an mal. Er tut mir so leid. Hoffentlich wird seine Grippe nicht schlimmer. Ich möchte ihn am liebsten einfach nur in den Arm nehmen – in solchen Momenten ist er für mich wieder mein kleiner Junge, dem es doch einfach nur gut gehen soll. Und Kranksein an Bord ist wirklich schwer erträglich – die ständige Bewegung des Bootes, die

Betten, von denen man erst bei längerem Liegen merkt, wie unbequem sie sind. Und obendrein lockt der Sonnenschein nach draußen, zu einem Bummel durch die kleine Stadt oder einem längeren Spaziergang, was wir beide ja so ganz besonders lieben.

So wird es halt ein ruhiger Tag zum Entspannen und Ausruhen. Jeder geht seinen Beschäftigungen nach. Karl-Heinz liest oder ruht und ich schreibe oder lese. Ich liebe trotz allem diese Tage ohne jede Verpflichtung, ohne Belastung, wenn ich mich meinen Gedanken, Einfällen und Träumen hingeben kann, ungestört und ohne jeden Stress.

30. Tag

29. Juli

Offensichtlich wollte ich selbst die Erfahrung machen, wie es sich anfühlt, krank zu sein an Bord, also habe ich mich heute Nacht der Grippe von Mirko angeschlossen. Musste das unbedingt sein – das Fieber klettert auf 40 Grad und ich fühl mich einfach elend.

Der Wind hat jetzt völlig auf Nord gedreht und bläst mit einer Stärke von 6 bis 7 Beaufort und mit noch stärkeren Böen dazwischen. Das ist ein kleiner Trost, damit könnten wir eh nicht auslaufen. Und grippekrank auf hoher See – ehrlich gesagt, das stelle ich mir schrecklich vor. Diese Hilflosigkeit und das Gefühl des Ausgeliefertseins, nein, an eine Weiterfahrt ist nicht zu denken.

Unser Käpt'n hat jetzt andere Aufgaben – einkaufen, Wäsche wegbringen und zusätzlich sorgt er sehr liebevoll für unsere Verpflegung. Mirko scheint es besser zu gehen, er hatte glücklicherweise kein so hohes Fieber. Trotzdem bleibt er noch liegen, und ich bin froh, dass er so vernünftig ist.

Aber die meiste Zeit bekomme ich sowieso nichts mit. Stattdessen bin ich entsetzlichen Fieberphantasien und -träumen ausgeliefert. Hunde mit blutunterlaufenen Augen und zitternden Lefzen fallen über mich her, reißen Stücke des fieberbrennenden Fleisches aus dem Körper, knurren bösartig und fauchend... ich schrecke hoch! Bin ich gerade schreiend erwacht?

Und wieder falle ich in einen anderen, genauso grausamen Traum, bis ein erneutes Auffahren im verschwitzten Bett mich von diesen Phantasien erlöst. Woher kommen bloß solche entsetzlichen Traumszenen? Doch, wieso wundere ich mich eigentlich über diese Träume? Nur dünne Wände trennen mich von der aufgewühlten See draußen, der Wind pfeift und fegt über das Deck, rüttelt an der Ankerkette, die sich stöhnend unter diesem Anprall dehnt und streckt. Alles ist ständig in Bewegung, nicht nur durch das Fieber, auch die ganze Umwelt dreht und bewegt sich. Ich will nicht lesen, an Aufstehen ist überhaupt nicht zu denken und schlafen will ich auch nicht, um nicht wieder von diesen grässlichen Traumbildern verfolgt zu werden. Und noch etwas – warum sind eigentlich die Seeleute dazu verdammt, auf einem Boot in so ungemütlichen Betten schlafen zu müssen. Jeder Knochen tut mir mittlerweile weh, ich weiß gar nicht mehr, wie ich mich in dieser Enge noch wenden und drehen soll. Was mir natürlich unter normalen Umständen gar nicht so auffällt. Jetzt allerdings schon!

Draußen versammeln sich immer mehr Segeljachten, die ihre Fahrt gen Norden unterbrechen und in dieser Bucht Zuflucht suchen. Bei solchen Wetterverhältnissen ist an eine Umrundung des Kaps gar nicht zu denken, vor allem wir nicht, da wir es nicht wirklich eilig haben. Die Wetternachrichten fliegen wieder von Boot zu Boot, es hat sich auch schon herumgesprochen, dass Hillaseven zwei Kranke an Bord hat. Ich freue mich über die Kameradschaftlichkeit, über die Hilfsbereitschaft, über die Grüße und Genesungswünsche. Dabei sind es doch völlig fremde Menschen. Na ja – Segler eben!

Und ganz nah liegt das Festland, leuchten die Lichter eines Hotels herüber. Wie toll wäre es, jetzt in einem bequemen Bett in einem gemütlichen Zimmer zu liegen, sich verwöhnen zu lassen, einfach dort ein paar Nächte zu verbringen.

Soll ich darum bitten? Quatsch, Karl-Heinz würde das Boot nie sich selbst überlassen und ich allein dort drüben? Nein, so unsportlich möchte ich mich nicht verhalten, ich fände es unfair.

Allerdings – im Augenblick habe ich das Leben auf Hillaseven mal wieder total satt. Aber daran ist nur diese dämliche Grippe schuld. Das wird sich ganz schnell wieder ändern, wenn es mir besser geht. Obgleich ich mir in lichten Momenten sogar vornehme, (wobei ich bezweifle, dass dies „lichte" Momente waren) bis Cascais auszuhalten und, wenn die Wetterverhältnisse weiterhin so sind, mit dem Flugzeug nach Madrid zu fliegen und anschließend mit dem Wagen nach Laredo zu fahren, um dort auf die Männer zu warten. Natürlich sind das völlig blödsinnige Überlegungen, andererseits – täglich mindestens drei Tabletten gegen Seekrankheit, obgleich wir ja gar nicht unterwegs sind. Dazu die Angst und die Grippe und die Fieberphantasien – mir reicht es einfach. Hab ich das etwa eben laut hinausgeschrien? Nein, lieber nicht, auch wenn es irgendwie verständlich ist, dass ich mal wieder das Meer und das Boot und alles einfach verfluche oder? Natürlich will ich meinen Mann bei seinem Traum begleiten, natürlich finde ich die Segelei meistens toll, aber Wasser habe ich doch noch nie gemocht, außer zum Duschen und Trinken. Und jetzt bin ich genau diesem Element so hilflos ausgeliefert. Ich will nicht mehr! Ganz ruhig ... das rede ich mir wieder einmal nur ein. Ich lass die Crew doch nicht im Stich! Aber ... vielleicht ginge es ihr ohne mich leichter? Nein, so möchte ich nicht denken. Ach, alles nur wieder dämliche Übertreibungen, ich werde doch wegen einer Grippe nicht aufgeben.

31. Tag

30. Juli

Weiterhin bläst es mit unverminderter Stärke von Nordost. Vor allem in der Nacht heulte der Sturm, er beutelte die Boote, die jetzt den kleinen Hafen füllen, fegte über das Wasser, knallte gegen die Hügel an der Küste, wirbelte Sand und Schmutz auf.

Und nach wie vor habe ich hohes Fieber. Mirko geht es etwas besser, aber er bleibt auch noch im Bett, um Kräfte zu sammeln. Er weiß halt, wie notwendig wir seine Hilfe brauchen und wie abhängig wir von seiner Kraft sind.

Und ich? Ich bin allmählich besessen von dem Wunsch, einfach auszusteigen. Ich fühl mich aber auch wirklich beschissen – das Fieber geht trotz Antibiotika noch nicht runter, mir ist schlecht, und ich lass mich so richtig in dieses Kranksein hineinfallen, was mich wiederum ärgert. Was soll das, ich versteh es nicht, es ist doch sonst nicht meine Art. Wo sind meine Widerstandskräfte, wo der Kampfgeist, wo die Abenteuerlust? Haben die sich alle wirklich verabschiedet?

Karl-Heinz hat eine Frau gefunden, die uns die Wäsche privat wäscht, weil es hier keine Wäscherei gibt. Durch das ständige Schwitzen haben wir kein trockenes Betttuch, keinen Kissenbezug mehr, sodass einfach gewaschen werden muss.

Und der Käpt'n macht sich wirklich sehr gut als Hausmann und Krankenpfleger. Er kocht uns eine leckere, ganz leichte Tomatensuppe, er versorgt uns mit Saft und Obst, geht einkaufen, was ihm allerdings allein gar keinen Spaß macht. Wir sind wirklich sehr aufeinander angewiesen. Weniger aus einer Notwendigkeit heraus als aus dem Wunsch, alles gemeinsam zu unternehmen, zu planen, zu erleben und zu sehen. So geht er auch gar nicht allein an Land, um vielleicht mal einen Spaziergang zu machen oder in einem Restaurant zu essen.

Ganz allein ist das einfach uninteressant, ich glaube, er fühlt sich dann irgendwie doch sehr verloren in einem fremden Hafen mit einer Sprache, die er nicht spricht, und zwei kranken Leuten an Bord.

Also gibt es nur eins – abwarten, Geduld haben, hoffen, nicht aufgeben. Sagt sich sehr leicht, aber …

32. Tag

31. Juli

Heute geht es uns besser. Mirko ist aufgestanden, während ich noch liege und ruhe, da ich immer noch 38 Fieber habe. Aber das ist ja nicht mehr schlimm. Heute Mittag möchte ich unbedingt einmal an Land, möchte einen Spaziergang machen, einmal aus der umklammernden Bewegung ausbrechen, die unser Leben hier in dieser Bucht ständig bestimmt. Ich muss unbedingt wieder festen Boden unter den Füßen spüren. Denn auch weiterhin ist an ein Auslaufen nicht zu denken, der starke Nordwind hält an und auch kein anderes Schiff, das gen Norden will, wagt eine Weiterfahrt.

Es geht ja nicht mehr nur noch darum, dass es unbequem ist, bei solchem Wetter unterwegs zu sein, sondern primär um die Sicherheit von Boot und Mensch.

Das Klima um das Kap von San Vicente ist schon unter normalen Umständen nicht gerade sanft und ruhig, aber bei diesem Nordostwind (und ich sage extra nur Wind, um nicht zu übertreiben), wäre es Wahnsinn! Für mich persönlich ist es Sturm, denn man muss ja immer überlegen, dass wir nicht auf offener See sind, dass in der Bucht eine Stärke von 6 bis 7 Beaufort schon erstaunlich ist und dass man sich leicht ausmalen kann, wie es draußen zugehen mag.

Dabei haben wir das schönste Wetter! Einen strahlenden Himmel und Hitze und auch das Barometer steht mit seinen 1030 mbar immer auf schön.

Aber wir haben ja jetzt schon mitbekommen, dass, wenn das Barometer so hoch steht, fast immer mit heftigen Winden zu rechnen ist.

Jedenfalls glaube ich, dass Sagres noch ein wenig unser Schutzhafen sein wird, ein Abflauen des Sturmes ist nicht in Sicht.

Wir werden, wenn wir wieder vollständig erholt sind, Ausflüge in die Umgebung machen, denn uns lockt die prächtige Landschaft der Algarve.

Der Spaziergang am Nachmittag war sehr anstrengend und obgleich mir jeder versicherte, es sei sehr heiß, war ich doch froh über meine Jeansjacke. Das Treppensteigen hat mich allerdings noch total überfordert. Hoffentlich hat diese blödsinnige Grippe nicht zu viel meiner Kräfte verbraucht. Aber, wer wird sich denn schon unterkriegen lassen. Wie heißt mein Lebensmotto? Jetzt erst recht!

33. Tag

1. August

Eigentlich, mein lieber Wind, ist das ja schon langweilig, dass wir jede Nacht und jeden Tag deinem Toben und Blasen ausgesetzt sind. Aber leider ist es so, du bestimmst, wie es weiter geht.

So hat sich auch heute Morgen nichts geändert. Nordost und Stärke 6 bis 7 und wir bleiben weiterhin hier.

Den Morgen verbrachten wir erst mal mit Aufräumen und Ordnung schaffen, Briefe schreiben und faulenzen. Gegen Mittag sind wir mit Otto an Land gegangen, haben ihn dort gut verstaut und bemühten uns, die vielen Treppen von Baleeira bis nach Sagres hoch.

Das Dorf, wenn man es als solches bezeichnen will, denn es ist wirklich nur eine Ansammlung kleiner Fischer- und Ferienhäuser, meist für die Einheimischen, erinnert mich an eine Kulisse aus Wildwestfilmen. Eine leere, öde Dorfstraße, an beiden Seiten die kleinen, meist weiß gestrichenen Häuser, dazwischen ein recht schäbiges Restaurant, eine Bar, wo ein paar unrasierte und gar nicht vertrauenerweckende, dunkle Gestalten herumlungern, arbeitslose Fischer, alte Männer. Zwei Supermärkte, die recht gut ausgestattet sind, denn in der Nähe befindet sich ein Campingplatz. Deshalb trifft man auch manchmal auf ausländische Jugendliche mit Rucksack, fast immer auf den Autobus wartend. Alte Autos rattern über die Dorfstraße. Eine ‚Boutique‘, die sich ‚Coco‘ nennt, wohl in Anlehnung an Coco Chanel. Ich muss lachen, denn als Auslage hängen an der Wand an einem rostigen Nagel eine schmutzige Bluse und eine zerrissene Jeanshose, das

Ganze krönt ein alter Strohhut. Im schmierigen, fast blinden Schaufensterchen liegen noch ein paar weitere Fetzen, ob die wohl irgendjemand irgendwann einmal kauft? Ein Briefkasten an der Hauswand, dem man wirklich nur nach langem Zögern einen Brief anvertraut, ich kann mir nur schwer vorstellen, dass er jemals geleert wird.

In einem Garten eine riesige Sonnenblume gegen blau-weiß gestrichene Hauswände, ein herrliches Motiv. Ein Friseurladen mit dem Hinweis „Unisex", aber Mirko zieht es vor, lieber sein langes Haar zu behalten, das unbedingt einen Schnitt gebraucht hätte, als sich diesen Scheren auszuliefern.

Hitze und Staub liegen über der Ortschaft, ein paar Bars haben Tische und Stühle auf die Straße gestellt. Wir trinken einen guten Kaffee, bevor wir uns auf den Weg zur Burg von Heinrich des Seefahrers machen.

„Heinrich der Seefahrer" ist nie selbst zur See gefahren (welch kluger Mann!!!) Auf dem Kap Punta de Sagres erbaute er seine Burg vor mehr als 550 Jahren und hier sammelte er von den auf guten Wind wartenden Schiffen Informationen über die Küste Afrikas, den Azoren und den Seeweg nach Indien. *Europas Besitz und Vorherrschaft leiten sich von dem hartnäckigen Willen dieses ungewöhnlichen Mannes auf Punta de Sagres her.* (Neumann)

Steil und senkrecht fallen die Felswände von diesem Kap ins Meer, während sich oben, auf der kahlen Hochfläche das zum Teil noch sehr gut erhaltene Burggelände ausbreitet. In einem der Gebäude ist die Jugendherberge untergebracht, die leider einen etwas trostlosen Eindruck macht. Obgleich mich Schlossbesichtigungen meistens langweilen, kann ich in solchen Gemäuern meiner Phantasie freien Lauf lassen und denke darüber nach, wie die Menschen einst hier gelebt haben müssen und wie heute Touristen durch diese Räume und Gänge schlendern. Ich klettere durch die Ruinen, fotografiere die guterhaltene Kapelle, genieße den weiten Ausblick, freue mich bei dem aufgewühlten Meer über unseren Ankerplatz, den wir in der Bucht gefunden hatten. Wenn er auch nicht ideal ist, so schützt er uns doch ausreichend vor dem starken Nordostwind.

Ich bewundere die kleinen Strände, die sich nun, von der Ebbe freigegeben, weiß und leuchtend aus dem Grünblau des Wassers hervorheben. Wir laufen kreuz und quer, ich entdecke sogar in dieser kahlen, steinigen Gegend, wo es nur Kakteen, hartes Dünengras und verdorrte, staubgraue Reste von Sträuchern gibt, eine gelbe Distelblume. Welch lebendig buntes Zeichen und mit wie wenig kann sich die Natur zufriedengeben.

Auf dem Rückweg sind wir in eine Pizzeria eingekehrt, wo wir sehr angenehm und gut essen konnten. Danach sind wir wieder an Bord gegangen, um eine dringend notwendige Siesta zu halten. Erst am Nachmittag wollen wir nochmals ins Dorf. Erstens müssen wir nach den Krankheitstagen wieder verschiedene Vorräte auffrischen, zweitens wollen wir die Wäsche abholen und am Marinestandpunkt die neuesten Wetternachrichten ablesen.

Während wir an Bord ruhen, beobachten wir, wie ein Schiff vom Stapel gelassen wird. Frisch gestrichen leuchten seine blaue Farbe, die weißen Verzierungen und die roten Leisten. An seinem Bug prangt der Name *Regreso a la vida* (Rückkehr zum Leben). Welch ein wunderschöner Name für ein Schiff und welche Bedeutung er wohl für seinen Besitzer haben mag. Das Meer als Lebensmotto, Lebensinhalt … Sehnsucht nach Leben.

Dieser Stapellauf und der Name des Schiffes bringen mir die Worte von Rafael Alberti ins Gedächtnis.

Grüße mich zum Abschied, Mutter,
wie ich dich grüße,
fast ohne Abschied zu nehmen,
denn jetzt schon wieder nur Meer und Himmel,
kann ich von neuem leben, wenn du es verlangst.
Sterben, auch sterben, wenn du es so willst.

34. Tag

2. August

Die Wettervorhersage aus dem Büro der Marine ist eher eine
Wetter-nach-hersage, denn sie bringen Bedingungen, wie sie
gestern vorherrschten, aber für den heutigen und morgigen
Tag wird nichts vorhergesagt.

Das Barometer steht nach wie vor auf Hoch, die Sonne
scheint, der Nordost bläst mit gleicher Heftigkeit wie all die
Tage zuvor. Ein paar Engländer haben sich aus der Sicherheit des Hafens herausgetraut. Sie haben es bestimmt eiliger
als wir, weil vielleicht die Ferien zu Ende gehen und die Kinder wieder in die Schule und sie selbst zurück an ihren Ar-
beitsplatz müssen. Ich denke so bei mir, wie schlimm, dass
Pflichtbewusstsein über Sicherheit steht und glaube, dass sie
noch warten und Geduld haben sollten. Nun, wir sind wirklich privilegierter, denn wir haben Zeit. Wir brauchen uns
bei diesen schlechten Bedingungen nicht in Gefahr bringen
und können weiterhin bleiben.

Und dieses Warten füllen wir heute mit einem Besuch in
Lagos aus. Wir nehmen um 12 Uhr den Bus, der uns über
unzählige kleine Ortschaften bis nach Lagos bringen soll.
Wieder wird eine Busfahrt zu einem besonderen Erlebnis,
fast wie ein Abenteuer. Jugendliche Rucksackwanderer, alte
Bäuerlein, dicke Bauersfrauen mit ihren prallen Marktta-
schen, Arbeiter und Fischer, junge Mädchen in züchtig geschlossenen Blusen im Gegensatz zu den jungen Touristin-
nen in Minirock und Shorts. Es herrscht eine stauberfüllte
Hitze und tausend verschiedene Gerüche füllen die stickige
Luft des Autobusses, die auch die geöffneten Fenster kaum

vertreiben können. Die Fahrt geht durch kleine Dörfer mit Brunnen, die vertrocknet in der Hitze dörren. Esel vor wacklige Karren gespannt, flache Häuser, kahle Felder. Der Blick streift weit übers Land, nur aufgehalten von den immer und überall wachsenden Kakteenbäumen. Die Straßen sind schmal, und manchmal jagen wir durch lebensgefährlich enge Kurven, die der Fahrer offensichtlich gut zu kennen scheint, während wir im Stillen nur beten, dass uns nichts entgegenkommen möge.

Ankunft in Lagos. Erster Eindruck – Lagos scheint ein normales kleines Fischerstädtchen zu sein mit 20.000 Einwohnern im Winter. Im Sommer ist es von unzähligen Touristen bevölkert, denn seine bizarre Küste mit den beeindruckenden, seltsamsten Felsengebilden lockt immer wieder Besucher an.

An die Küste und den Strand wollen wir später, erst schlendern wir durch das Dorf und sind verzaubert von dem kleinen Ort mit seiner großen Kirche, seinen Kastellen und der historischen, sehr gut erhaltenen Stadtmauer. Ein bunter Markt und eine überwältigende Blütenpracht verwandeln diesen Fischerort in ein Städtchen mit einer ganz eigenen Stimmung. Hier kann ich viel fotografieren – die bunten Blumenstände, den Mann, der wunderschöne gestickte Decken und Betttücher anbietet, die Fischersfrau, enge Straßen mit unzähligen Restaurants. In einem kehren wir ein und genießen das schmackhafte Essen und die herzliche Bedienung. Wir sind so glücklich und freuen uns, dass wir uns von der schweren Grippe nun vollkommen erholt haben. Das Leben hat all seine Buntheit und Farbenpracht zurückbekommen und damit ist auch meine Freude an unserem Segeltörn wieder neu erwacht.

Nach dem Essen ist Karl-Heinz müde und zieht es vor, in einer schattigen Cafetería etwas Kühles zu trinken, während Mirko und ich uns aufmachen, die so oft gerühmte und bekannte, immer wieder in Bildern und Büchern festgehaltene Küste von Lagos kennenzulernen.

Im Sturmschritt laufen wir an der Strandpromenade entlang, denn in anderthalb Stunden fährt unser Autobus nach Sagres zurück. Man sollte aber tatsächlich nicht in Lagos gewesen sein, ohne diesen Abschnitt der Algarve erlebt zu haben. Und wirklich, was für ein traumhafter Spaziergang! Kleine Sandstrände, die miteinander durch die abenteuerlichsten Felsenverbindungen, Brücken und Durchgänge verbunden sind. Hoch oben auf den bizarren Felsen führt ein brückenähnlicher Übergang von einem Steilhang zum anderen. Unten eilen wir durch natürliche Tunnel mit bezaubernden Ausblicken aufs grünblaue, Gischt gekrönte Meer. Die Wellen donnern jetzt beim Einsetzen der Flut durch die Eingänge und Höhlen, verzweifelt hält Mirko seine Kamera hoch über den Kopf, als eine der Wellen ihn von oben bis unten durchnässt.

Rotgolden schimmert das Gestein, weiß die Gischt der Wogen und dahinter blau das Meer. Es ist ein Erlebnis, vielleicht festgehalten in Fotos, aber ganz sicher für immer verwahrt in der geschauten Erinnerung.

Zurückgekehrt in Sagres, entschließen wir uns, morgen unser Glück zu versuchen und weiterzusegeln.

35. Tag

3. August

Wir hatten in den letzten Tagen beobachtet, dass der Wind gegen Morgen nachließ und erst mittags wieder anfing zu blasen. Wir wussten zwar, dass sich während der Nacht Wellen bis zu acht und mehr Metern aufbauen können, vor allem am Kap San Vicente und dass es seine Zeit braucht, bis sie sich wieder glätten, aber wir wollten jetzt endlich versuchen, diesen Abschnitt hinter uns zu bringen.

Früh schellte der Wecker, um sechs Uhr weckte ich die Männer, damit wir um sieben Uhr, nach Tagesanbruch, losfahren konnten. Die ersten sechs Stunden waren geprägt von starkem Wellengang. Uns entgegen und von links und rechts rollten sie auf uns zu, überschlugen sich, längst konnten wir die Luken nicht mehr offenlassen, denn das Wasser spülte über Deck, was natürlich dann auch den Aufenthalt an der Reling unmöglich machte, wollten wir nicht fortgerissen werden. Aber wenigstens hatten wir vorläufig keinen Wind. Er kam gegen Nachmittag auf, aber da hatte sich das Meer schon ein wenig beruhigt, sodass die Fahrt rund um das Kap nicht so unangenehm war, wie wir es uns nach dieser stürmischen Woche vorgestellt hatten.

Steil und kahl das Plateau von San Vicente, hier kann man ganz nah beobachten, wie die Erosion durch Wind die Natur formt – nicht einmal nacktes Gestein kann der Gewalt des Windes widerstehen, denn die aufgewirbelten Sandkörner wirken wie Schmirgelpapier und schleifen stetig die Felsen ab und lassen bizarre Formationen entstehen. Einmal möchte ich gern dort oben stehen, wenn das Meer tobt, wenn der Sturm heult, dem Aufruhr der Natur ausgeliefert, der Blick verloren in der endlosen Weite des Ozeans. Vielleicht einsam, aber dennoch in Sicherheit. Es wäre ein einmaliges Erlebnis.

Heute waren die Männer etwas müde, sodass ich auch einmal allein die Tagwache übernehmen konnte. Es ist ein erlebenswertes Gefühl, allein auf der Steuerbank zu sitzen. Der Autopilot surrt, die Männer schlafen, alle Verantwortung liegt bei mir allein. Ich weiß, dass es ja eigentlich gar keine sehr große Leistung ist, denn bestünde irgendeine Gefahr, würde sich unser Käpt'n nie hinlegen. Dennoch vermittelt es mir das Gefühl von Gebrauchtwerden.

Rechts von mir die felsige kahle Küste von Portugal und auf der anderen Seite die weite Endlosigkeit des Meeres. Kein Boot, das in unsere Richtung fährt. Ab und an ein Segler, der in den Süden unterwegs ist, teils mit Neid, teils mit Glückwünschen verfolge ich seinen Kurs.

Aber jetzt haben wir uns irgendwie damit abgefunden, dass wir in den Norden segeln. Irgendwann wird uns der Wind wieder in die entgegengesetzte Richtung bringen, aber auch im Norden warten Abenteuer und lohnende Segelziele auf uns, vielleicht in Frankreich, in der Bretagne, im Norden von Spanien?

Es wird schwieriger werden, und eventuell können wir diesen Anforderungen ohne Mirko ja nicht mehr sehr lange nachkommen. Unser Jüngster wird gewiss keine Lust haben, uns immer auf unseren Törns zu begleiten. Seine Ziele und Wünsche werden andere sein, seine Ferien wird er an anderen Stränden und in anderen Gegenden verleben wollen als nur immer mit seinen Eltern auf Hillaseven. Aber vielleicht schaffen wir es noch eine kleine Weile allein zu zweit, wenn wir alle Vorsichtsmaßnahmen beachten und uns nie zu viel zumuten.

Möwen begleiten jetzt unseren Kurs, weit entfernt sehe ich Delfine, und ein fliegender Fisch erhebt sich zierlich und blitzschnell aus dem Wasser, gleitet als silberner Pfeil über die Wasseroberfläche, bevor er wieder in die Welle eintaucht. Durchsichtig schimmern die zarten Flügel. Wann wird die Natur über sein Schicksal entscheiden: Fisch oder Vogel?

Um halb sechs lassen wir in der Bucht von Sines die Anker runter. Sines hat keinen Hafen für Sportboote, dafür aber einen großen für Öltanker. Wir liegen direkt gegenüber dem Ort mit seiner Burg und den hohen Mauern. Hier wurde Vasco da Gama geboren und seine Statue schmückt den Innenhof der Burg.

Ansonsten hat das Dorf, das zwar eine wichtige wirtschaftliche Rolle spielt, nicht sehr viel zu bieten, ja, es hat uns schon bei unserer Fahrt 1987 nicht besonders gefallen. So bleiben Karl-Heinz und ich an Bord, während Mirko an Land geht. Eigentlich möchte ich ihn ja so viel wie irgend möglich begleiten, damit er sein Alleinsein und die Abwesenheit von Carmen nicht zu sehr spürt, aber manchmal muss er sich halt doch allein zu Erkundungsgängen aufmachen. Ich koche in der Zwischenzeit, während der Kapitän die Route für den nächsten Tag vorbereitet. Danach mache ich Fotos von einem herrlichen Sonnenuntergang, der Burg und Stadt und die davor liegenden Jachten in ein unwirklich goldenes Licht taucht.

Durch den Abend klingt der Lärm des Dorfes zu uns herüber, Feuerwerk für später wird in drei Sprachen angekündigt und eine Stunde Hardrock und danach Volksmusik.

Alles für den Tourismus, und wir ziehen es vor, die Abgeschiedenheit von Hillaseven zu genießen.

Auch Mirko kommt bald wieder zurück, die angekündigten
Vergnügungen reizen ihn nicht sehr. Wir verbringen einen
gemütlichen Abend an Bord, bevor wir uns früh schlafen legen.

36. Tag

4. August

Wieder wollen wir die relativ ruhigen Morgenstunden ausnutzen, sodass wir früh den Anker verholen und in Richtung Cascais weitersegeln. Also das mit dem Segeln ist so eine Sache. Seit wir im Atlantik sind, konnten wir noch nicht einmal auf den Motor verzichten.

Wir haben zwar viel Wind – jedenfalls mehr als uns lieb ist – aber immer gegen uns, es müsste herrlich sein, jetzt in den Süden zu segeln. Aber so ist es – zumindest während der Sommerzeit – eigentlich fast immer, für die Segelei in den Süden hat man den besten Wind, den man sich als Segler nur wünschen kann, doch geht die Fahrt gen Norden, heißt es, gegen die Natur und ihre Gewalten ankämpfen. Es erfordert schon eine gewisse Sportlichkeit, in den Norden zu fahren. Denn auch im Sommer gibt es nur selten den Südwestwind und dann höchstens bei schlechtem Wetter und Regen. Ansonsten herrscht auf dem Törn gen Norden eben der harte Nordostwind, den Wellengang und den Strom hat man stets gegen sich.

Natürlich könnten wir 200 sm vom Land entfernt segeln, dann wäre mit besserem Wetter und Segelbedingungen zu rechnen. Aber wir wollen ja in der Nähe der Küste bleiben, wir wollen nicht mehr nachts unterwegs sein, und vor allem wollen wir Ortschaften und typische Landschaften kennenlernen. Wer weiß, ob wir noch einmal so eine lange Route segeln können. Und es sind ja schließlich Ferien (wenn wir davon absehen, dass Karl-Heinz und ich jetzt ja eigentlich immer Ferien haben!).

Uns locken die Küstennähe, die Dörfer und nicht das rasche Vorwärtskommen mit nichts um uns herum als Wasser. So kommen wir gegen Mittag in Cascais an, wir ankern in seiner Bucht, denn einen Hafen hat Cascais nicht.

Lissabon wollen wir diesmal unbeachtet lassen, der Fluss Tajo hat eine zu starke Strömung. Die Hauptstadt Portugals samt stundenlanger Einfahrt in seinen Hafen haben wir beim letzten Mal erlebt und wollen lieber unsere Fahrt fortsetzen. So haben wir es jedenfalls geplant, was allerdings daraus wurde, sah völlig anders aus.

Aber das wissen wir heute Abend noch nicht. Heute steht ein Stadtbummel auf dem Programm, denn Cascais ist sehr schön und bestimmt sehenswert, und Mirko gefällt natürlich auch das internationale Ambiente und die Ferienstimmung, die über einem solchen Ort liegen. Uns auch, aber wir sind nicht so sehr auf Unterhaltung erpicht, die von außen kommt. So kann sich Mirko stundenlang am Strand vergnügen, indem er nichts anderes macht, als irgendwo zu sitzen und die Leute zu beobachten. Und das lohnt sich hier! Junge „normale" Leute, Leute, die den Luxus dieses internationalen Ortes genießen, Leute, die Ferien machen und Leute, die mit ihren Punkfrisuren und ihrer Lederkleidung auffallen wollen. Viele Ausländer, auch ausländische Bettler, wobei wir in Portugal wesentlich mehr Bettler beobachten als in Spanien. Das Erschütternde dabei ist diese unvorstellbare Lethargie gegenüber dieser Armut.

Als wir uns später mit einem deutschen Ehepaar, das seit zwei Jahren in Lissabon lebt, unterhalten, erklären sie uns, dass es hier nur zwei Arten von Klassen gibt, die es zu etwas bringen. Die, die an wichtigen Stellen sitzen und diejenigen, die diese wichtigen Stellen bestechen können.

Das klingt unerträglich, aber sie meinten noch: „Alle anderen kommen hier einfach zu nichts, haben überhaupt keine Aussicht, irgendetwas zu erreichen. Da persönliche Anstrengungen kaum zum Erfolg führen und in diesem kranken System Bemühungen oft scheitern, lassen die Menschen resigniert alles so weiterlaufen wie bisher." Wobei Verallgemeinerungen wohl auch hier fehl am Platz sind.

Trotz allem haben wir einen schönen Abend in Cascais, es herrscht selbst am Abend noch eine Temperatur von 36 Grad, was uns nicht gerade zu langen Spaziergängen ermutigt. So lassen wir uns von Mirko mit Otto an Bord bringen, während er selbst noch ein bisschen allein loszieht.

37. Tag

5. August

Scheinbare Windstille. Also Aufbruch in Richtung Peniche. Aber bereits nach ein paar Meilen – kurz vor dem westlichsten Kap de Roca mussten wir umkehren. Es herrschte ein unglaublicher Wellengang und der Wind blies mit solcher Macht, dass ankämpfen dagegen einfach unmöglich war. Es wäre eine Schinderei ohnegleichen gewesen, der wir uns alle nicht aussetzen wollten. Außerdem kommt man damit ja auch gar nicht wirklich vorwärts. Die Wellen treiben einen immer wieder zurück, auch der Wind und der Gegenstrom machen ein Vorankommen unwahrscheinlich schwierig, sodass wir in einer Stunde vielleicht gerade mal anderthalb Seemeilen zurücklegen könnten.

Und dazu noch diese harten Wellen, das Krachen und Dröhnen der Wassermassen zwischen den beiden Körpern von Hillaseven. Das entsetzliche Gefühl, dass es das Boot, aber auch einen selbst in Stücke reißen wird. Egal, wo man sich aufhält, der Körper fängt die Stöße auf, wird durchgerüttelt und hin und her geworfen, jeder Knochen tut weh, jeder Nerv ist angespannt, der Herzschlag hämmert, denn mit jeder Bewegung erwartet man die nächste Welle, den nächsten Stoß und Schlag, will sich dagegen mit angespannten Muskeln wehren und ist doch allen Erschütterungen hilflos ausgeliefert. Also stimmen wir der Entscheidung des Kapitäns nur zu gern und einstimmig zu.

Was soll's, ist halt ein Tag verloren. Wobei „verloren" auch Ansichtssache ist! Wir wissen ja noch nicht, dass es sich nicht nur um einen Tag handelt.

Den Rest des Tages verbrachten wir, nachdem wir wieder Anker geworfen hatten, bei einem angenehmen Spaziergang durch und um Cascais herum. Ich erinnere mich an den Tag, als wir einmal in Estoril auf einer Geschäftstagung waren und ich so angetan von Cascais gewesen war, dass Karl-Heinz tröstend meinte, eines Tages werden wir hier mit dem Boot ankern. Damals hatten wir überhaupt noch kein Boot gehabt, aber sein Versprechen hat Karl-Heinz jetzt gleich zweimal wahr gemacht.

Von Weitem sehen wir den protzigen Bau des Palace Hotels, wo wir einst wohnten, aber diesem Komfort und Luxus trauern wir nicht eine Sekunde lang nach. Hillaseven gibt uns einen ganz anderen, einen viel einmaligeren Luxus, der durch kein Hotel, durch nichts aufgewogen werden kann. Auch wenn der Wind bläst, auch wenn das Waschwasser knapp ist, auch wenn die Betten ungemütlich sind, auch wenn der Wohnraum eng ist, auch wenn ich manchmal ganz anderer Meinung bin und alles verfluche, dennoch … dieses Leben hat so viel Einmaligkeit, die wir anderswo so niemals erleben könnten.

Leise senkt sich der Abend über die Stadt, während wir langsam zu Hillaseven zurücktuckern …

38. Tag

6. August

Während der ganzen Nacht und auch am Morgen blies der Wind mit Stärke acht, an ein Auslaufen war jetzt noch weniger zu denken. Wenn er hier in der Bucht schon so tobte, wie viel mehr würde es draußen rau und wüst zugehen.

Also – was unternehmen wir stattdessen? Da war doch etwas, das wir unbedingt erleben wollten? Ja – Sintra! Also nehmen wir den Bus nach Sintra, das wir eigentlich schon kennen, weil wir auch damals mit der Firma dorthin einen Ausflug gemacht hatten und hell begeistert waren. Heute soll Mirko dieses Städtchen kennenlernen.

Die Busfahrt durch die Berge um Lissabon und Sintra war wunderschön, allerdings waren wir überhaupt nicht für die plötzlich auftretende Kälte angezogen. Wir konnten nur hoffen, dass die Sonne noch herauskäme, sonst würden wir uns in diesem kleinen Dorf hoch oben in den Bergen halb zu Tode frieren.

Vom Busfenster aus sahen wir den Cabo de Roca, oder besser gesagt, wir sahen ihn nicht. Denn er war in dichten grauschwarzen Nebel gehüllt. Das Meer, sofern man es erkennen konnte, war wütend aufgewühlt und der Sturm tobte. Wenn das so weiterging, wie sollte es nur mit unserer Weiterfahrt aussehen? Einigermaßen betroffen sahen wir uns diese Szenerie an und dachten im Stillen wohl alle drei, ob wir jemals in Laredo ankommen werden?

Jedenfalls lohnte sich die Fahrt nach Sintra. Die Umgebung, die wir mit dem Bus so nah kennenlernten, war einmalig schön.

Und Sintra selbst? Zuerst bestiegen wir eine Pferdekutsche und ließen uns gemütlich durch den wild angelegten, teilweise naturbelassenen Park chauffieren, vorbei an großartigen Palästen, von denen einige wiederum einen ungepflegten Eindruck machten. Das angenehme, gleichförmige Pferdegetrappel war mal ein ganz anderes Geräusch als das ohrenbetäubende Krachen der Wellen und das pfeifende Heulen des Sturmes.

Danach stiegen wir kurz aus, begaben uns zum Palacio de Montserrat, der gerade renoviert wurde. Wir haben den wunderbaren Pavillon mit seinen Steinarbeiten, den Fenstern, Bögen und Gartenanlagen bewundert. Es war ein bezaubernder Erkundungsgang, während unser junger Kutscher mit seinen Pferden draußen vor dem schmiedeeisernen Tor wartete.

Der Rückweg führte wieder durch das Villenviertel zum Domplatz. Am meisten haben uns auf dieser Spazierfahrt die üppigen tropischen und subtropischen Parkanlagen begeistert. Schade, dass die Sonne noch nicht richtig durchgebrochen war, dieses Blühen muss ein unbeschreiblicher Farbenzauber sein, begleitet von den betörendsten Düften.

Sintra selbst war bereits in römischer Zeit besiedelt und im Jahr 711 von den Arabern weiter ausgebaut und befestigt worden. Davon zeugen heute noch die Ruinen hoch oben über dem Städtchen des ehemaligen arabischen Kastells. 1147 fiel Sintra dann endgültig an das Königreich Portugal.

Der Palacio da Pena, den wir gern besichtigen wollten und der wegen Renovierungsarbeiten teilweise geschlossen war, diente den Königen als Sommerresidenz. Eigentlich doch ein seltsamer Name für eine Sommerresidenz, Palacio da Pena – Palast des Mitleids! Bei kalten Temperaturen müssen seine

Bewohner ganz schön gefroren haben. Selbst uns fröstelte heute auf unserem Weg durch den zweigeschossigen Kreuzgang, der zur Besichtigung freigegeben war und der uns ganz besonders wegen seiner herrlichen Deckenwölbungen gefiel. Er wurde im 16. Jahrhundert erbaut, ebenso wie das Bergkloster der Hieronymiten.

Wunderschöne Stickereien kann man in den zahlreichen Läden kaufen, was ich auch eifrig tat. Gegen Mittag hellte das Wetter auf, die Sonne brach strahlend durch, sodass wir bei schönstem Wetter durch die engen Gassen streiften, steile Treppen hinaufstiegen, schmale Straßen hinunterliefen und uns das kleine Dorf, das selbstverständlich im Sommer Ziel vieler Touristen ist, ein wenig zu eigen machten. Wir aßen in einem kleinen Lokal, wo das Essen recht mäßig, die Bedienung miserabel und das Ambiente auch nicht besonders war. Aber irgendwie störte uns das nicht sonderlich, schließlich findet man nicht überall alles perfekt vor. Gegen Abend nahmen wir wieder den Autobus, um nach Cascais zurückzufahren.

Letzter Blick auf den Wetterbericht! Doch die Vorhersage lässt auch jetzt wieder keine Hoffnung zu, Wind und aufgewühlte See verlängern unseren Aufenthalt.

39. Tag

7. August

Nachdem in der Nacht ein unvorstellbarer Sturm, der 10 Beauforts erreichte, das Schlafen fast unmöglich machte, wurde ich gegen sechs Uhr morgens aus einem unruhigen Halbschlaf aufgeschreckt.

Direkt neben mir, nur durch das Fenster getrennt, sah ich die Umrisse einer großen Motorjacht, die in eben diesem Augenblick gegen Hillaseven knallte. Mit einem Schrei war ich aus dem Bett und hatte damit die Männer aus ihrem Schlaf gerissen.

Zu dritt stürzten wir an Deck und nach Steuerbord, bevor die Jacht, die sich offensichtlich losgerissen hatte, wieder mit Hillaseven zusammenprallen konnte. Mit vereinten Kräften stießen und hielten wir das Boot zurück, das jetzt langsam an uns vorüberzog. Es war nicht daran zu denken, es auch nur irgendwie zu halten. Der Sturm heulte, die Wellen waren sehr hoch, und hätten wir diese Jacht noch mit unserem Anker verbunden, hätte es den wohl ebenfalls herausgerissen. So konnten wir sie nur abstoßen, riefen aber sofort im Hafen an, wo die Hilfsbereitschaft allerdings gleich null war. Was sollten sie auch machen, bei diesem Wetter konnte keiner auslaufen, um ein Boot zu halten, ganz davon abgesehen, dass Cascais ja nur ein Marinestützpunkt war, und der war morgens um sechs Uhr gewiss nicht dafür zuständig!

Schlotternd standen wir in der Morgendunkelheit und beobachteten das Unglücksboot. Würde es noch gegen andere Boote stoßen oder waren die Leute auf den benachbarten Jachten alarmiert worden? Ob sie durch das Toben des

Sturmes unser aufgeregtes Treiben, unsere Zurufe und Schreie mitbekommen hatten? Überall leuchteten plötzlich Scheinwerfer auf, tönten auch verschiedentlich die Nebelhörner. Das losgerissene Boot zog nun an der uns am nächsten liegenden Jacht vorbei, ohne zu kollidieren, und hinaus in relativ freies Gelände. Aber würde die Jacht nicht führerlos weiter ins offene Meer hinaustreiben? Wir fühlten uns absolut hilflos, während der Sturm heulte und tobte. Abgesehen von dem enormen finanziellen Verlust, war sie für jedes Boot, auf das sie jetzt zusteuern würde, eine extreme Gefahr. Ich erinnere mich an den Warnruf im Hafen von Gibraltar, jetzt aber würde keiner warnen, denn niemand konnte annehmen, dass die Jacht unbemannt war.

Langsam ging die Sonne dunkelrot über dem Horizont auf, färbte die Ränder der weißen Wolkenfelder golden, verbreitete ihr Licht über die Dächer der Hotels und Paläste, von denen es hier so viele gab. Bestrahlte den Strand und die leeren Liegestühle, wanderte weiter über die Bucht und das Dorf, während weit draußen die Motorjacht einem ungewissen Schicksal entgegentrieb.

Aber da! Was war das denn? Etwas rührte sich auf dem Boot! Wir holten rasch das Fernglas, jeder wollte es zuerst an die Augen nehmen. Ja, da war wirklich jemand auf dem Boot! Aufgeregt sahen wir einen Mann hin und her eilen, der sich offensichtlich bemühte, das Boot irgendwie unter Kontrolle zu bekommen. Wie war denn so etwas möglich?! Hatte er tatsächlich so fest geschlafen? Und – funktionierte sein Motor etwa nicht, weil er so verzweifelt versuchte, Anker zu fassen? Aber da draußen, schon mitten im Meer?! Wir waren fassungslos! Da übernachtet er auf seinem Boot und bekommt nicht mit, dass sein Anker reißt und seine Jacht mit anderen Booten zusammenstößt, vom infernalischen Lärm des Sturms ganz zu schweigen! Hört nicht unsere Schreie, nicht die Warnungen von den anderen Booten! Wacht erst weit draußen auf, als es eigentlich schon still um sein abgetriebenes Boot geworden war!

Nun, irgendwie scheint ihm in letzter Minute die Rettung seiner Jacht gelungen zu sein, und offensichtlich wartet er jetzt den späten Vormittag ab, bis ihm jemand zu Hilfe kommen kann. War es Freude, war es Erleichterung oder war es nur ein Gruß der hier liegenden Jachten – plötzlich ertönte erst ein Nebelhorn, dann ein zweites, bis sich diesem Konzert immer mehr Boote anschlossen. Anscheinend waren alle, genau wie wir, froh und erleichtert, dass diese Gefahr vorüber war, aber der Schreck saß uns doch noch so sehr in den Gliedern, dass an ein weiteres Stündchen Schlaf nicht mehr zu denken war. Jedenfalls ist es immer wieder abenteuerlich, was einem alles auf so einem Törn widerfahren kann, obwohl man ihn doch eigentlich ruhig und besinnlich genießen möchte.

Gestern Abend konnte Mirko mit Otto nicht mehr an Land gehen, um noch ein bisschen das Nachtleben von Cascais zu genießen, da die Strömung schon so stark und der Sturm so heftig gewesen war, dass der kleine Motor von Otto diese Fahrt nie ausgehalten hätte, und außerdem wäre Mirko von den hohen Wellen im Nu durchnässt worden.

Heute Morgen nun hatte mit zunehmendem Tageslicht der Wind so weit abgeflaut, dass wir wenigstens an Land konnten, allerdings erst am späten Vormittag und nur um etwas einzukaufen.

Hillaseven wollten wir heute nicht lange alleine lassen, dazu war das Wetter viel zu unruhig und stürmisch und das

Beispiel der Motorjacht hatte uns erst einmal gereicht. Allerdings wussten wir jetzt, dass unser Anker halten würde, wenn er diese Nacht und den leichten Aufprall, bei dem, Gott sei Dank, nichts weiter passiert war, heil überstanden hatte. So verbrachten wir einen ruhigen Tag an Bord, aßen auch hier und spielten dann zu dritt Skat.

Wenn doch nur der Wind nachlassen oder wenigstens mal seine Richtung ändern würde. Obgleich uns Letzteres bei 10 Beaufort auch nicht hilft, auslaufen könnten wir dann auch nicht. Wir sind schon einmal um Gibraltar geflogen!

40. Tag

8. August

Diesmal war uns eine ruhigere Nacht beschert, wir konnten endlich ungestört schlafen und uns ausruhen Aber immer noch war an eine Weiterfahrt nicht zu denken. So entschlossen wir uns, diesmal mit dem Zug eine weitere Exkursion zu machen. Unser Ziel war nun doch Lissabon. Von hier fährt in regelmäßigen Abständen eine moderne, sehr gut funktionierende U-Bahn in die Hauptstadt, wir waren also an keinen Fahrplan gebunden.

Nachdem wir 1987 in Lissabon gewesen waren, hörten wir im nächsten Jahr von dem furchtbaren Brand, der diese Stadt heimgesucht hatte. Große Teile der Innenstadt, vor allem aber die Bibliothek sollen damals zerstört worden sein. Wir waren jetzt wirklich gespannt, wie wir die Stadt, die uns damals gut gefallen hatte, vorfinden würden.

Lissabon ist schön und anziehend, hässlich und abstoßend zugleich, was mir bei keiner anderen Stadt bisher so aufgefallen ist. Als wir vor genau 23 Jahren auf Geschäftsreise hier waren, begeisterte mich ihre Sauberkeit, gefielen mir die eleganten Restaurants, das Luxushotel und die Parkanlagen, den armen Teil der Stadt lernten wir damals gar nicht kennen.

Die Stadt fand ich im Vergleich zu anderen europäischen Hauptstädten schlichter, einfacher. Es gab keine prachtvollen Einkaufsstraßen, mal hier und da elegante Herrenboutique, während für Frauen kaum oder gar keine Geschäfte vorhanden waren. Jahre später bei einem erneuten Aufenthalt fiel mir dann der dörfliche Charakter der Stadt, die wachsende Interesselosigkeit und Apathie der Menschen auf, es gab kein Leben auf der Straße, alles schien öde, verlassen und leer, die Straßen wirkten wie ausgestorben. Das war ich von Madrid gar nicht gewohnt. Der Spanier lebt auf der Straße, zu Hause hält man sich höchstens zum Schlafen auf!

Und diesmal? Ich war entsetzt, wie heruntergekommen, arm und verwahrlost wir Lissabon vorfanden. Einst sprach man von der goldenen Stadt, sie war Ausgangspunkt für unzählige europäische Flüchtlinge auf ihrem hoffnungsvollen Weg in das gelobte Land Amerika. Heute zeugten verkohlte Gebäude und verrußte Hauswände immer noch von dem großen Brand, und ob es an fehlenden finanziellen Mitteln oder tatenlosem Nichtstun lag, wir hatten den Eindruck, als sei noch gar nichts unternommen worden. Neben den Spuren der Zerstörung überall schmutzige, ungepflegte, vermüllte Straßen ... eine zum Himmel schreiende Armut.

Jetzt konnte ich auch verstehen, warum ein extrem hoher Prozentsatz der Bettler in Madrid Portugiesen waren. Die Menschen, die heute bettelnd um uns herumschlichen, gehörten wirklich der ärmsten Bevölkerungsschicht an, namenloses Elend. Eine Frau mit amputierten Unterbeinen bewegt sich auf ihren Stümpfen von Abfalleimer zu Abfalleimer, um etwas Essbares zu finden. Zerrissen die Kleiderfetzen, die um ihren dünnen Körper schlottern. Ein Blinder tastet sich bettelnd durch die Menge. Wenn ich daran denke, was man in Spanien mittlerweile für die Blinden getan hatte und noch tut, dass ihnen dank einer sehr engagierten Blindenorganisation alle Wege zu Beruf und Sport offenstehen. Und hier? Der Leiter der Blindenorganisation ist gleichzeitig Direktor einer Fernsehstation!

Ein Invalide schwingt sich auf seinen Krücken von Tisch zu Tisch und bittet um Almosen. Mir bleibt der Bissen im Hals stecken, ich fühle mich irgendwie schuldig dafür, dass es mir so gut geht.

Kinder und Alte, Verunstaltete, Invalide, Kranke, Arbeitslose, auch Arbeitsscheue und Trinker, alle betteln. Man könnte ständig mit offener Geldbörse gehen und nur geben, geben und geben.

In einer schmalen Straße ein schreckliches Geheule und Gekreische. Ein offensichtlich Geisteskranker bewegt sich zu einem imaginären Rhythmus auf der Straße kniend hin und her. Spucke sabbert über sein Kinn, die Augen verdreht, mit einem Stock schlägt er einen seltsamen Trommelwirbel auf das Pflaster der Straße und ... bettelt.

Oh doch, es gab sie heute auch, die Prachtstraße und die Luxusläden in der Nähe des Schlosses, aber gleich dahinter und daneben und nahebei dieses Elend. Die verfallenen Häuser! Die übelriechenden Armutsviertel und die schreiende Not. Nein, Lissabon wäre keine Stadt, die mir gefallen würde. Möglicherweise habe ich sie dieses Mal, im Gegensatz zum letzten Aufenthalt, zu sehr durch die Linse meiner Kamera gesehen, aber diese hält schonungslos fest, was das menschliche Auge nicht sehen möchte, weil es sich gerne von ein bisschen Tünche täuschen lässt.

Aber wohin wegschauen? Auch in vielen kleinen Ortschaften fanden wir Armut und Not vor, Elend und Verwahrlosung begegnete uns überall.

Wir aßen in demselbenm Restaurant, wo wir 1987 auch mit Kai gegessen hatten. Dann gingen wir langsam zum Bahnhof, wo wir gegen fünf Uhr wieder nach Cascais zurückfuhren.

Dort nahmen die Männer noch ein Bier, während ich einen langen Spaziergang mit meiner Kamera machte.

Es gibt so viele sehenswerte Eckchen, Türen und Fenster in diesem Dorf, das in diesem Fall das Glück hat, vom Reichtum des Tourismus zehren zu können.

41. Tag

9. August

Glutrot stieg die Sonne hinter den Häusern von Estoril auf, ein schlechtes Zeichen für den heutigen Tag, denn Morgenrot am Meer bedeutet nie gutes Wetter. Dennoch wollen wir es wagen, wir wollen auslaufen. Es ist noch recht früh am Morgen, ein schwacher Wind weht. Rosa überhaucht der Himmel, in den ein frühes Flugzeug seine Linien und Schleifen zog, silberne Figuren an den Morgenhimmel malend.

Immer, wenn etwas Besonderes anstand, saßen wir zu dritt im Cockpit. Die Nähe der anderen ließ die eigenen Befürchtungen geringer und die Hoffnungen größer werden. Wir alle drückten heimlich die Daumen, schickten manches Stoßgebet zu den Meeresgöttern, sie mögen doch endlich unsere Bitten erhören. Kein zu starker Wind, normale Wellen und endlich die Chance, bis nach Nazaré zu kommen.

Und oh Wunder, offensichtlich wurden unsere Bitten erhört, die Wellen, vor ein paar Tagen noch gegen uns und einfach nicht zu ertragen, waren heute fast zahm. Der Wind meinte es auch gut mit uns und ab Peniche hatten wir sogar relativ ruhiges Wetter. Beim Kap de Roca herrschte zwar kurzzeitig sehr dichter Nebel, was wohl mit zu dem Unangenehmsten auf einer Seereise gehört. Schließlich gewann die Sonne den Kampf, das Grau musste weichen, und wir hatten einen fast angenehmen Tag, allerdings immer unter Motor bis nach Nazaré.

Nachdem wir einen sicheren Ankerplatz bekommen hatten und auch die Einklarierung erledigt war, machten Mirko und ich uns noch am Abend auf in Richtung Dorf, das vom

Hafen recht abgelegen ist. Man warnte uns, Otto mit den Rudern unbeaufsichtigt zu lassen, aber wir wollten vertrauen und sind auch nicht enttäuscht worden. Als wir gerade in Richtung Dorf loslaufen wollten, sahen wir von fern den Autobus, der hier zwischen Hafen und Dorf verkehrt. Er war uns gerade vor der Nase davongefahren. Offensichtlich hatte man uns rennen sehen, der Busfahrer hielt auf freier Strecke und nahm uns noch mit. Wie konnte es anders in Nazaré sein?

Ich weiß nicht, was mit mir in diesem Dorf geschieht. Schon bei unserem letzten Besuch hatte es einen sehr starken Eindruck auf mich gemacht, mehr noch, es kam mir, wie damals in Griechenland auf der Insel Poros, unwahrscheinlich bekannt und vertraut vor. Obgleich es unserer eigenen Lebensweise in nichts entspricht, obgleich auch hier seine Armut greifbar ist und die Not nicht zu verleugnen ist. Dennoch herrscht in diesem Dorf, das sich ihr ursprüngliches uriges Wesen bewahrt hat, eine ansteckende Lebensfreude. Schon deshalb wollte ich jede Sekunde unseres Aufenthaltes ausnützen, um so viele Fotos wie möglich zu machen. Und da unser Kapitän keine Lust hatte, mitzukommen, und außerdem eine Reparatur am Boot zu erledigen war, marschierten Mirko und ich alleine los.

Bis wir allerdings ins Dorf kamen, dämmerte es bereits, sodass ich nur wenige Aufnahmen machen konnte. Aber die Stimmung von vor drei Jahren fand ich heute wieder, das bunte Leben der portugiesischen und spanischen Touristen, die Einheimischen mit ihren herrlichen Trachten.

Sieben Röcke ziehen die Frauen übereinander, ein Kopftuch bedeckt die Haare, fast immer sind die Farben äußerst gedeckt, wenn die Frauen nicht sowieso ganz in Schwarz gehen. Die Männer tragen weiße Hemden, schwarze Hosen und schwarze Westen und auf dem Kopf eine Zipfelmütze, genau wie man sie dem „deutschen Michel" aufsetzt.

Eine fast ausgelassene Stimmung herrscht an diesem Abend. Fischerfrauen, die ihre frischen Waren anpriesen. Andere, die sich schwatzend auf Treppenstufen zusammengefunden hatten und ängstlich einem fotografiertwerden auswichen. Dagegen wieder andere, die sich für ein paar Münzen gern in Positur setzen, aber damit verliert das Bild leider seine Spontanität. Und die vielen Restaurants, roter Hummer auf den Tischen, der Wein steht schon bereit, die Kellner warten, aber wer noch nicht kommt, sind die Gäste.

Auch hier der enorme Gegensatz zwischen arm und reich. Ecken, Winkel und Gässchen, in denen es nach Armut riecht, überall Abfall und Müll, durch den man zu dem Eingang einer Wohnung gelangt, auch Tummelplatz spielender kleiner Kinder. Alte Menschen, stumm in ihrer Not, sie beobachten das Leben um sich herum, sie werden all diese Gegensätze und Ungerechtigkeiten nie verstehen, denn gleich nebenan ein gutes Restaurant voll lachender und schmausender Menschen, der Kellner holt aus dem Überangebot im großen Schaufenster einen großen roten Hummer hervor, die Welt des Glanzes, des Genusses, des Überflusses neben der Welt des Hungers, des Neides und der Verbrechen.

Sicher ist es nicht das, was ich an Nazaré so anziehend finde. Es ist das zweigeteilte Dorf, es sind die Menschen, der Strand mit seinen unzähligen Zelten. Ja – es sind Zelte, die hier vor der Sonne schützen sollen und gleichzeitig, wenn man die Vorderseite hinunterlässt, als Umkleidekabinen dienen. Es ist ein so seltsam schönes Zusammenspiel und gleichzeitig ein so fremdes Bild, das sich uns bietet.

Die Sonne, die langsam am Horizont hinter den Hügeln versinkt, die spitzen Zeltdächer, eines neben dem anderen, der weite Strand und der Sand geben diesem Anblick den Zauber ferner Beduinendörfer. Karawanen in der goldenen Dämmerung der Wüste – ich entsinne mich der frühen Morgenstunden in Isfahan/Persien, als wir von dem sanften, leisen Hufschlag der vorüberziehenden Kamelkarawanen geweckt wurden.

Wenn ich die Augen schließe, kann ich die Erinnerungen spüren, an dieser Küste, an diesem Strand von Nazaré.

Die Strandpromenade mit ihren Geschäften und ihrem Angebot an Stickereien, Keramik, Strickwaren. Fischstände und Süßwaren. Eine alte Frau bietet Obst an, das wie Knallerbsen aussieht, mit denen wir als Kinder so gern spielten. Wir versuchen es, denn wir kennen diese Frucht nicht. Ein seltsam süßer Geschmack, saftig und durstlöschend.

Auf der gegenüberliegenden Straßenseite beginnt das eigentliche Dorf. Schmale Gassen wie in allen Ortschaften, Plätze mit Bars und Cafeterías, Eisdielen und Banken und dann wieder vor den Haustüren ganz winzige Feuerstellen im Freien, auf denen der Fisch für die Familie gegrillt wird. Ansteigende Straßen, die in die modernen Wohnviertel des Städtchens führen, die wir allerdings auslassen, da sie für uns uninteressant sind.

Auf dem Hügel, der über der Stadt wacht, der obere Teil von Nazaré, zu dem sich eine hundertjährige Bahn hoch müht, die die Einwohner rege nutzen und liebevoll Aufzug nennen, verbindet sie doch beide Teile der Stadt.

Und wir sollen morgen schon wieder gehen? Andererseits kann ich kaum nach diesem langen ungeplanten Aufenthalt in Cascais unseren Kapitän um noch einen weiteren, diesmal

163

gewollten Zwischenhalt bitten! Aber als wir am späten Abend aufs Boot zurückkehren, wo Karl-Heinz mit der Reparatur eines gerissenen Treibriemens beschäftigt gewesen war, bei der wir nicht hätten helfen können, und wo er sicher auch die Ungestörtheit genossen hat, wage ich doch, die Bitte vorzubringen und ... finde Gehör! Unser Kapitän ist mit unserem Wunsch einverstanden!

Morgen wollen wir den ganzen Tag in Nazaré verbringen, unten im Dorf genauso wie oben am Berg. Genügend gibt es zu sehen, genügend zu fotografieren. Ich freue mich so sehr auf den morgigen Tag.

42. Tag

10. August

Spät standen wir an diesem Morgen nicht auf, schon deshalb, weil Mirko in die Hafenwerkstatt gehen musste, um verlorene Schrauben, die wir dringend benötigen, zu kaufen. Er bekam sie geschenkt, die beiden Männer konnten danach die Arbeit an der Lichtmaschine beenden, die Karl-Heinz bereits gestern Abend vor Einbruch der Dunkelheit fast fertig ausgeführt hatte.

Danach ließen wir uns erst einmal Zeit, aber irgendwie war ich ziemlich ungeduldig. Wusste ich doch, dass es heute ein Fotografier-Tag werden sollte, den ich bis zur Neige auskosten wollte. So machten wir uns gegen 12 Uhr auf den Weg, nahmen den Autobus, wie am Abend zuvor und ließen uns gleich im Zentrum von Nazaré absetzen.

Und jetzt? Hallo Nazaré, wir kommen!

Wir streiften kreuz und quer durch das Dorf, keine Gasse, in die wir nicht gingen oder reinschauten. Keine Tür und kein geschmücktes Fenster, das unbeachtet blieb, jeder Vorgarten war ein Foto wert. Besonders auffällige Menschen, die ich unbemerkt von hinten auf ein Bild bannte.

Endlich Mittagspause, bestimmt dachte das Mirko erleichtert, denn eine Fotografierende zu begleiten, erfordert sehr viel Geduld. In einem einfachen Restaurant aßen wir nur eine Kleinigkeit zu Mittag, denn heute Abend wollten wir uns den Luxus einer Languste oder einer Marisquerada erlauben, eine Spezialität in diesen Küstengebieten Portugals, aber auch Galiziens. Es ist eine köstliche Zusammenstellung aller Arten von Meeresfrüchten wie Gambas, Langusten,

Hummern und Muscheln. Viele Jahre habe ich auf Krusten-
tiere verzichtet, denn ich wollte keine krabbelnden, bizarr
aussehenden Tiere essen, die man bei der Zubereitung auch
noch lebendig in kochendes Wasser wirft. Immer nahm ich
stattdessen Huhn, was natürlich wesentlich preiswerter war
als die Meeresköstlichkeiten, an denen sich Karl-Heinz labte.
Bis ich eines Tages doch von dem herrlichen Geschmack
überzeugt wurde. Als ich meinen Mann zu einem Geschäfts-
essen begleitete, erzählte ich seinem Kollegen von meinem
Vorbehalt. Dieser bestellte kurzerhand einen Langusten-
schwanz mit der Bemerkung, ich wüsste gar nicht, was mir
bisher entgangen sei. Tatsächlich war er herrlich zubereitet
und nachdem ich zaghaft davon probierte, fand ich diese De-
likatesse unwiderstehlich. Aber Schnecken und Austern
rühre ich weiterhin nicht an, da bin ich kompromisslos!
Kehren wir in die Gegenwart zurück – heute Abend wollten
wir also ganz besonders speisen gehen, vorher aber wollte
ich mich mit der Fotokamera austoben.
Erneut fahren wir mit der Bergbahn in den oberen Teil des
Dorfes, der weithin sichtbar ist mit seinen weißen Häusern,
der Kirche und den Resten einer alten Stadtmauer. Oben angekommen, erkunden wir den ganzen Ort und als die Männer, müde von dem vielen Laufen, sich bei einer Verschnauf-
pause in einer Bar ein schönes kaltes Bier gönnen, setze ich
meinen Rundgang fort.
Wobei ich wieder vor allem Türen, Fenster und besondere
Häuser, aber auch Menschen aufnehme – einen kleinen
Mann mit Zipfelmütze, der in einem Kirchenfenster sitzt
und schläft. Oder – sie und er in der typischen Tracht, feil-
schend und ziemlich temperamentvoll mit einem Dritten
diskutierend in einer kleinen Bar. Eine Frau, die für wenig

Geld Mengen von Meereskrebsen feilbietet, die man hier wie Kartoffelchips gleich aus der Tüte knabbert. Eine alte Frau lädt mich mit großzügiger Handbewegung ein, sie, ihr Enkelkind im Kinderwagen und ihre Tochter, die daneben sitzt und Kartoffeln schält, zu fotografieren, wobei der Altersunterschied, zumindest dem Aussehen nach zwischen Mutter und Tochter nicht sehr auffallend ist, beide abgearbeitet und verhärmt.

In einem Haus hinter verschlossenen Türen und Fenstern das verzweifelte Weinen einer Frau, begleitet von den Geräuschen des Erbrechens eines Mannes. Drogen oder Alkohol? Ganz sicher sogar, denn auch hier Armut, überall die schreckliche Armut. Und doch gleichzeitig der mir unverständliche Fatalismus.

Eine alte Frau, die auf Kundschaft für ihre Souvenirs wartet, schläft im Schatten der knorrigen Bäume auf dem großen Platz vor der Kirche. Aus einer Bude, in der Musikkassetten verkauft werden, hallen Schlager und portugiesische Volksmusik in voller Lautstärke über den Platz. Und überall Verkaufsstände, meistens überladen mit einem Riesenangebot an Kitsch, aber bestimmt auch mit manch einem schönen, handgearbeiteten Stück. Meine Männer probieren die ulkigsten Strohhüte an und sehen wie gesuchte Verbrecher aus, unrasiert, aber lustig – ich kann sie gerade noch von einem Kauf abhalten.

Die vielen Eindrücke werden hier oben von einem herrlichen Blick über die Bucht, das Meer, die Ortschaft gekrönt. Zu Füßen der weite Strand mit seinen Zelten. Ein einmaliges Bild. Aber noch immer war meine Fotografier-Lust nicht gestillt. Wir fuhren mit der Bergbahn wieder ins Tal und während Karl-Heinz und Mirko in einer kleinen Bar bei einem großen

Bier auf mich warteten, streifte ich weiter durch die Gassen. Hier eine Ecke mit blauen Türen und weißen Mauern, davor eine Katze auf der Suche nach Nahrung. Zwei Frauen, die auf kleinen Eisengrills den Fisch fürs Abendessen braten und mitten auf der Straße hocken! Andere balancieren den Fischfang des Tages in riesigen Körben auf dem Kopf, während die vielen steifen Röcke auf und nieder wippen. Ein Mann schnitzt die typischen portugiesischen Fischerboote mit ihrem hohen Kiel und bietet sie in Miniaturform zum Verkauf an. Drei Frauen, diesmal in bunter Tracht, sitzen tratschend und schwatzend auf den Treppenstufen.

Ich durchstreife Hinterhöfe und armselige Gassen, manchmal auch ängstlich um mich schauend, denn wem gefällt es schon, wenn man seine Armut im Bild festhält. Manche Aufnahmen muss ich rasch und heimlich machen, im Stillen hoffend, dass der Autofokus an meiner Kamera von ganz alleine für die nötige scharfe Einstellung sorgen wird. Ich finde Motive vor jeder Haustür, an jeder Ecke, in jedem Laden, in jeder Bar, zweimal musste ich Filme nachkaufen, denn so viele hatte ich doch nicht mitgenommen. Ich schwelge richtiggehend in all diesen vielen Motiven, die sich mir überall darbieten. Ab und an kehre ich zu meinen Männern zurück, die in ein Gespräch vertieft, kaum merken, dass ich immer wieder verschwinde.

Unterwegs treffe ich einen Mann mit Kamera, der genau wie ich durch die Straßen läuft und alles aufnimmt, was sich ihm bietet. Er macht den Eindruck, als wäre auch er auf der Suche nach etwas ganz Besonderem und Ausgefallenem, es ist dieser Blick hinter die Fassaden. Ein Nicken, ein Lächeln, man versteht einander ohne Worte… diese Fülle an Motiven ist überwältigend. Ich bin gerade wieder in einer besonders ärmlichen Gasse gewesen, mache rasch eine Aufnahme von Wäsche, die an einer quer über die Straße gespannten Leine baumelt, darunter spielen Kinder, bellen Hunde, zanken sich Männer, bereiten Frauen das Essen vor, streiten zwei Katzen um etwas Undefinierbares, alles Leben spielt sich auf der Straße ab. Am Strand verkauft ein alter Mann feinste kleine Netze als Andenken – die zarten Pastellfarben gegen den hellgoldenen Sand, welch ein märchenhaftes Bild. Ich bin wie berauscht und möchte am liebsten überhaupt nicht aufhören oder mal eine Pause einlegen.

Erst als die Sonne hinter malerischen Wolkengebilden verschwindet, als sich Schleier aus Licht und Dunkel über die Landschaft senken, als die länger werdenden Schatten mich aus meiner Traumwelt aufschrecken, suche ich die kleine Bar auf, wo die Männer warten, und nun ziehen wir los und suchen zusammen ein Restaurant für das geplante besondere Abendessen.

Das Essen als solches war dann doch nicht so köstlich, wie wir es uns geschmacklich ausgemalt hatten, dafür saß an unserem Tisch ein reizendes deutsches Ehepaar mit drei entzückenden kleinen Buben, und wir kamen ins Gespräch. Da die Leute schon seit sechs Jahren in Lissabon lebten, sie waren Lehrer an der dortigen deutschen Schule, kannten sie natürlich die Verhältnisse hier bei Weitem besser als wir, dennoch bestätigten auch sie, was wir schon die ganze Zeit beobachtet hatten. Der enorme Unterschied zwischen Portugal und dem Rest Europas. Einerseits die Armut und die Unfähigkeit, etwas daran zu ändern und andererseits die Bestechung und die Unterschlagungen. Ich würde so gern eine Serie mit meinen Fotos machen, mit der Armut in Portugal als Thema, was ich aber, wie ich bald merken sollte, auch auf Galizien ausdehnen könnte. Mithilfe dieser Fotoserie würde ich gerne nachfragen, wohin eigentlich die ganzen Entwicklungsgelder fließen. Diese Frage hat mich schon mehrfach auf der Fahrt beschäftigt. Aber kenne ich dafür die Verhältnisse wirklich gut genug? Ich glaube kaum, ich könnte nur aufzeigen, was ich mit eigenen Augen gesehen habe und wonach ich wahrhaftig nicht zu suchen brauchte, es bot sich freiwillig, armselig und mitleiderregend überall und jederzeit von selbst an. Trotz all der traurigen und bemitleidenswerten Eindrücke bin ich begeistert und ganz hingerissen von Nazaré.

Welch seltsame Verbindung besteht zwischen mir und diesem Dorf? Warum diese Vertrautheit in einer mir ganz und gar fremden Umgebung? Ich weiß es nicht.

43. Tag

11. August

Um zehn Uhr fanden wir uns an der Kaimauer des Fischerhafens von Nazaré ein, wo wir Diesel und Wasser tankten. Nachdem wir dem Hafenwart 200 Escudo, das sind knapp vier D-Mark, Trinkgeld gegeben hatten, waren wir die ungekrönten Könige und wurden bedient, als hätte er das große Los gezogen. Wir schämten uns fast, war es doch kein wirklich großer Betrag. Ob ich jemals noch einmal nach Nazaré zurückkommen werde?

Wir fuhren in Richtung Figueira, wo wir heute Abend ankern wollten. Als wir nach einem mäßig bis guten Tag ohne allzu viel Wind und hohen Wellengang gegen Abend dort Anker warfen und an Land gingen, fanden wir einen wenig ansprechenden, langweiligen und menschenleeren Ort vor! Vielleicht weil Sonntag war? Eigentlich hatten wir Figueira anders in Erinnerung. Heute aber war unser Eindruck wirklich deprimierend.

In dem winzigen Stadtpark, der eher traurig denn heiter stimmte, tönte aus den überall angebrachten Lautsprechern laute Musik. Es waren nur keine Leute da, die sie sich angehört hätten. Dafür bretterten ein paar halbstarke Jugendliche mit ihren Autos in rasender Geschwindigkeit über die spärlich befahrene Hauptstraße, Bremsen quietschten, Reifen rutschten, es roch nach verbranntem Gummi. Es schien die wenigen Einheimischen, denen wir begegneten, nicht zu kümmern, niemand drehte sich um. Der Lärm dieser fragwürdigen Freizeitbeschäftigung stand in krassem Gegensatz zu der Ruhe der wie ausgestorben wirkenden Gegend.

Wir hatten nicht wirklich Lust, auf die Suche zu gehen nach Figueiras schönen Ecken und Plätze, die es bestimmt auch gab, denn so sehr kann uns die Erinnerung nicht getäuscht haben. Aber hier wollten wir nicht länger bleiben! Nach einem kühlen Drink gingen wir daher rasch wieder an Bord.

Wir standen noch so sehr unter dem Eindruck der Lebendigkeit und Schönheit von Nazaré, dass Figueira ernüchternd und fad wirkte, als wolle uns der Ort in den Alltag zurückholen.

44. Tag

12. August

Ob wir auf dieser Strecke nach Norden überhaupt noch einmal zum Segeln kommen? Wir setzen zwar immer brav die Groß, probieren auch immer wieder die Genua aufzumachen, aber meist müssen wir sie wieder einziehen, weil sie unsere Fahrt eher bremst als beschleunigt. Ständig haben wir den Wind gegen uns, müssen unter Motor bleiben und so irgendwie von Ort zu Ort vorwärtszukommen.

Heute war ein relativ ruhiger Tag. Wir haben vor, bis nach Oporto zu fahren. Die portugiesische Küste begeistert mich, und ich male mir aus, wie ich von Baiona in Galizien bis nach Cabo de Roca laufe. Ja, wirklich laufe, denn die ganze Küste ist ein einziger durchgehender Strand, den man von Norden nach Süden und umgekehrt, durchlaufen kann. Die Vorstellung finde ich sehr verführerisch. Am besten im Frühsommer, wenn noch nicht so viele Touristen unterwegs sind und es schon warm genug ist, damit man so wenig Gepäck wie möglich mitzunehmen braucht, denn alles müsste ja in einen Rucksack passen.

Ich stelle mir das mal kurz bildlich vor, auch wenn Sport nie meine Stärke war, aber Laufen mochte ich schon immer, also verliere ich mich so in meinen Tagträumen. Den ganzen Tag im Badeanzug und barfuß oder mit leichten Badeschuhen. Im Rucksack eine lange Hose, eine Jacke, ein bisschen Unterwäsche, einen Pulli und eine Zahnbürste. Ach ja, und eine Hautcreme gegen zu viel Sonne. Dann natürlich genug Trinkwasser, um dem Durst vorzubeugen, und etwas Leichtes gegen den Hunger.

Abends dann in einem kleinen Ort ankommen, eine Unterkunft suchen, irgendwo etwas essen und schlafen. Eventuell zelten? Nein, lieber nicht, erstens müsste ich das Zelt mit mir herumschleppen und zweitens wegen der Unsicherheit und meiner Angst vor Überfällen. Ich stelle mir lieber ein gemütliches Bett für die Nacht nach einem langen Tagesmarsch vor. Und am nächsten Morgen frühstücken und weiter. Was noch? Ach ja, eine solche Wanderung geht nur mit einem Menschen, mit dem ich reden, aber auch schweigen könnte, mit einem Menschen, der die gleichen Träume und Illusionen und Spaß am Laufen hätte. Es muss wirklich ein einmaliges Erlebnis sein. Und natürlich würde ich die Kamera nicht vergessen, aber wann vergesse ich sie denn überhaupt? Schluss mit träumen, Oporto taucht auf. Von Bord gehen? Heute nicht, denn es ist schon relativ spät und wir wollen nicht von der Nacht überrascht werden. Wir hatten Oporto bereits auf dem Hinweg besucht, so bleibt diese Stadt diesmal nur eine Zwischenstation. Wir ankern außerhalb des großen Hafengeländes, wo auch alle anderen Jachten liegen, und nach einem gemütlichen Abendessen spielen wir Skat und gehen danach früh schlafen.

45. Tag

13. August

Auf der Fahrt nach Viana do Castelo begleiten uns wieder einmal Delphine, wie schon so oft auf dieser Fahrt. Welch ein Größenunterschied zu denjenigen im Mittelmeer. Herrliche Tiere, verspielt umkreisen sie Hillaseven, doch als wir noch segelten, hielten sie sich viel länger bei uns auf; der Lärm des Motors scheint sie jetzt zu vertreiben.

In einem Zeitungsartikel habe ich neulich gelesen, dass Thunfische durch Grundschleppnetze gefangen werden, die alles mit sich reißen, was sich ihnen in den Weg stellt. Durch die Fangmethode müssen hunderttausende Delphine grausam ersticken, weil sie sich in den Netzen verfangen und zum Luft holen nicht mehr an die Oberfläche schwimmen können. Sollten sie sich dennoch befreit haben, sterben sie elendiglich durch den erlittenen Stress oder an ihren schweren Verletzungen. Aber auch Wale, Haie, Schildkröten und andere Meeresbewohner gehen auf diese Weise grausam zugrunde. Mittlerweile soll es ja „delphinfreie" Thunfischdosen geben, aber das ist reine Marketingstrategie, Augenwischerei, um des Verbrauchers Gewissen zu beruhigen. Es zählt die Gewinnmarge, der Profit… soll der Kunde doch glauben, die Fischindustrie habe auf umwelt- und tierfreundliche Fangmethoden umgestellt, so kann er, nun ganz beruhigt, weiterhin tonnenweise Thunfisch verspeisen.

Wie furchtbar gedankenlos, egoistisch und grausam der Mensch doch sein kann – und dumm! Er macht so viel kaputt, er maßt sich an, über alles Leben zu richten, und merkt nicht einmal, dass er seine eigene Lebensgrundlage zerstört.

Er verschmutzt, vergiftet, vernichtet... diese Gedanken gehen mir gerade durch den Kopf, als ich den wunderschönen dahingleitenden Leibern der Delphine nachschaue, ihnen wünsche, diesem schrecklichen Schicksal nicht entgegenzuschwimmen.

Als wir auf der Höhe von Viana do Castelo sind, plötzlich Sirenengeheul – laut, lärmend, ohrenbetäubend. Woher kommt das denn? Offenbar vom Leuchtturm, der für jeden hörbar dadurch einen Sturm ankündigt. Wie gut – die Einfahrt liegt direkt vor uns.

Wir hatten ja längst gemerkt, dass der Nordwind immer heftiger geworden war. Jetzt stiegen irgendwo am Horizont rote Leuchtkugeln auf, erst eine, dann noch eine und sogar noch eine dritte. Wer ist da in Seenot? Ein Fischerboot, eine Jacht? Wer ist in ihrer Nähe oder wird auslaufen, um zu helfen, ohne sich selbst in Gefahr zu bringen? Wir können das sicherlich nicht! Ein mulmiges Gefühl! Was wäre, wenn wir in so eine Lage geraten? Gar nicht erst daran denken! Wir müssen jetzt unseren eigenen Weg durch die etwas verzwickte Einfahrt in den sicheren Hafen suchen.

Innerhalb kürzester Zeit kommt eine Jacht nach der anderen, sucht einen Platz, offenbar haben ihre Eigner die Sturmwarnung ebenfalls gehört, die immer wieder durch den klagenden Sirenenton weit übers Meer hinausgetragen wird. Wir machen an der Kaimauer fest, lang müssen wir die Tampen lassen, denn hier haben wir einen enormen Unterschied zwischen Ebbe und Flut.

Wir gehen an Land. Die Stadt ist heute sehr festlich geschmückt, man feiert den Stadtheiligen. Was für ein Unterschied – hier Ausgelassenheit und draußen Seenot! Wir schlendern durch die Stadt mit ihren alten Palästen, ihren ausnehmend schönen, denkmalgeschützten Häusern, die auch hier vernachlässigt wirken und dringend saniert werden müssen. Wir wollen ein Lokal aufsuchen, das den Ruf genießt, das beste und bekannteste der Stadt zu sein. Aber, Pech gehabt – heute ist Ruhetag.

So suchen wir uns eine kleine Kneipe, in der wir mehr schlecht als recht essen und kehren früh an Bord zurück, wo jetzt Boot an Boot liegt, eines vertäut am anderen. Auch an Hillaseven haben andere Boote festgemacht. Das wird ein ganz schönes Geknäuel geben, wenn die einzelnen Boote morgen zu verschiedenen Zeiten auslaufen wollen. Vorstellen kann ich mir das noch nicht.

46. Tag

14. August

Heute Morgen sind wir erst einmal losgezogen, um den Treibriemen der Lichtmaschine zu kaufen, der uns auf der Fahrt von Cascais nach Nazaré gerissen war. Außerdem brauchen wir wieder Gas. Und da die Lichtverhältnisse gestern Abend nicht mehr zum Fotografieren einluden, nehme ich heute natürlich meinen ständigen Begleiter mit, hatte ich doch beim abendlichen Gang durch die Stadt genügend schöne Motive entdeckt.

Wir versorgten uns noch mit frischem Obst, etwas, das ich ganz besonders an Bord brauche. Ob das mit den vielen Tabletten gegen die Seekrankheit zusammenhängt, kann ich nicht beurteilen, aber ich bin richtiggehend süchtig nach frischem Obst, das ich kiloweise verzehren könnte.

Gegen zwölf Uhr mussten wir dann die Franzosen, die an Hillaseven festgemacht hatten, belästigen, wir wollten nämlich doch noch auslaufen. Was als Sturm angesagt war, hat sich mehr oder minder wieder beruhigt, wir wollen die Fahrt nach Baiona wagen.

Es war dann letztlich doch eine ausgesprochen unangenehme Fahrt gegen Wind und Wellen, wie wir sie jetzt schon langsam gewohnt sind. Da können auch „nur" 26 Seemeilen sehr lang sein. Aber Angst habe ich in letzter Zeit nicht mehr. Entweder gewöhne ich mich daran (was sich allerdings später als Irrtum herausstellen sollte) oder aber ich kann meine Angst besser kontrollieren (was auch nicht stimmt) oder die Situation ist einfach noch nicht so, dass man Angst haben müsste.

Wir waren jedenfalls froh, als Baiona in Sicht kam, denn so macht das Segeln einfach keinen Spaß. Wobei das Wort „segeln" schon lange nicht mehr zutrifft, denn wir fahren ja nur noch ausschließlich mit Motor, an Segeln ist schon seit dem Süden Spaniens überhaupt nicht mehr zu denken. Könnte sich der Wind nicht wenigstens einmal drehen? Wir haben schon jede Hoffnung aufgegeben, überhaupt noch einmal gen Norden segeln zu können.

In Baiona haben wir gleich getankt und Wasser gefasst, während wir darauf warteten, dass man uns einen Liegeplatz zuwies. Hillaseven durften wir nicht abspritzen, also bearbeitete ich sie mit Lappen und Putzeimer, damit das Salzwasser wenigstens notdürftig entfernt wurde.

Und danach waren wir dran. Und was hat die Crew zuallererst gemacht? Na klar – wir gingen herrlich duschen. Zu unserer großen Freude waren die Duschen ganz neu installiert, sodass wir den Komfort in vollen Zügen genossen, vor allem endlich wieder heißes Wasser. Es war schon so lange her, dass wir dieses herrlich warme Nass auf unserer wettergegerbten, salzigen Haut genießen und die Haare mal wieder richtig einseifen und ordentlich waschen konnten. Welch ein Luxus, sich so ausgiebig pflegen zu dürfen!

Für uns Stadtmenschen ist Hygiene so selbstverständlich, wir drehen einfach den Wasserhahn auf, greifen zu allen erdenklichen Pflege- und Schönheitsmitteln und lassen dieses kostbare Nass oft viel zu lange laufen.

Auf unserem Törn allerdings stellen wir all diese Ansprüche gerne zurück, aber manchmal tut es schon ganz besonders gut!

Und nun? Jetzt wollten wir uns, erfrischt und sauber, endlich aufmachen, Baiona wieder zu entdecken, eine kleine Stadt, die wir von jeher mochten und die einen ganz eigenen Reiz hat. Zuerst einmal der Jachtclub, der unterhalb der Burg des Monte Real liegt und ausgesprochen gepflegt ist. Baiona ist Ziel vieler Segler auf ihrem Weg von Norden nach Süden, nachdem sie die unwirtliche und auch gefährliche Gegend von Kap Finisterre an der nordwestlichsten Ecke der spanischen Küste hinter sich gelassen haben und zu neuen Abenteuern aufbrechen.

Einst war Baiona ein kleines Fischerdorf, aber mittlerweile hat es sich zu einem Badeort entwickelt, in dem zwar die Urlauber meist einheimische Spanier sind, wo aber gerade wegen der vielen Jachten ein Hauch von weiter Welt weht. Elegante Läden, Boutiquen, gute Restaurants und … hohe Preise, also ganz weltmännisch!

Auch Baiona hat zwei Gesichter (hat das nicht jede Stadt, jeder Ort, jedes Dorf?). Hier ist die moderne Uferstraße, gesäumt von neuen Hochhäusern, dort der alte Kern mit seinen schmalen gepflasterten Straßen, der sich wegen ihrer Enge seine Urtümlichkeit bewahren konnte und wo man nach wie vor die alten Bodegas findet, die kleinen Tascas, aber auch hier wieder laute Diskotheken, die vor allem von jungen Leuten aufgesucht werden, die sich dicht an dicht durch die engen Gassen drängen. Leider gibt es auch viele Drogenabhängige, aber wo findet man sie eigentlich nicht?

Welch ein Unterschied – hier die typischen alten spanischen Dörfer und als krasser Gegensatz die wirklich hässlichen Touristenburgen im Süden. Natürlich stimmt auch diese Verallgemeinerung nicht, dafür haben wir viel zu viele wunderschöne Ecken entdeckt, wenn ich nur an Altea an der Costa Blanca denke. In Baiona war das Ursprüngliche erhalten und nicht abgerissen worden, hohe weiße Fenster, schwarz gestrichene Balkone, in wuchtigen Steinen erbaute kleine und größere Paläste. Wir steigen bergan, hinter dem Dorf empor, kommen in den ganz und gar alten Teil mit seinen geduckten Häuschen, bunten Türen, steilen Straßen. Hier spielen noch die Kinder vor den Haustüren, während der Fußgängerstrom unten von Zebrastreifen und Ampeln dirigiert wird, genau wie in jeder anderen beliebigen Stadt.

Alles ist vorbereitet für die Tour de Galicia, ein Radrennen, das durch die Ortschaft führen soll und zum beliebtesten Sport in Nordspanien gehört.

Immer wieder geht der Blick durch die engen Gassen hinaus aufs Meer, über die Bucht, wo Hunderte von Jachten ankern, wo kleine Boote auf den Wellen schaukeln und Motorboote, weißschäumend die Wogen durchschneiden. Und all das ist eingerahmt von den umliegenden grünen Hügeln, sanften Schwüngen, unbewohnten felsigen Inselgruppen, wo wir eigentlich viel lieber geankert hätten. Aber das Wetter lässt dies jetzt nicht zu, es ist einfach zu gefährlich.

Eine fast übermütige Stimmung hat von uns Besitz ergriffen, und das liegt nicht nur daran, dass uns Baiona so gut gefällt, sondern vor allem deshalb, weil wir wieder in Spanien sind, weil wir ein Teilziel unserer Fahrt erreicht haben.

Für mich hat sich hier eigentlich das Rund meiner Reise geschlossen, da ich vor drei Jahren erst hier in Baiona zugestiegen war. Es ist ein absolut stolzes Gefühl, denn wir haben die Herausforderung angenommen und sie bestanden. Auch ich, selbst wenn dieser Weg manchmal von Angst und Wut und Hilflosigkeit gepflastert war. Aber ich sagte ja bereits, Angst kann auch die Überlebenschance eines Seemannes sein! Oder ist es Vorsicht? Vielleicht ist es überheblich von mir, mich als Seemännin zu bezeichnen, dazu fehlen mir die

Fähigkeiten und die Erfahrungen, aber auch wir, auch ich kann auf viele hundert gesegelte Meilen, auf manches Abenteuer, auf etliche Stürme und Schwierigkeiten zurückblicken, die wir gemeistert haben und uns ein gewisses Recht geben, uns Segler zu nennen. Wir mussten nicht unbedingt immer in weit entfernte Länder reisen, an fernen Küsten segeln, wilde Abenteuer bestehen, um zu wissen, wie herrlich, aber auch wie gefährlich und tödlich das Meer sein kann.

Baiona, unser erster Hafen in Spanien und zum ersten Mal das Gefühl, in der Nähe von Laredo zu sein. Das ist natürlich trügerisch und sehr bald sollten wir merken, dass noch eine lange Strecke vor uns lag, uns noch viele Tage, Meilen, Wind und Meer vom Zielhafen trennten, aber wir hatten dieses glückliche Empfinden, es fast geschafft zu haben, und das jetzt eigentlich nichts mehr schief laufen könnte.

Am Abend genossen wir dann endlich die versprochene Marisquerada, diesmal schwelgten wir regelrecht im siebten Meeresfrüchten-Himmel, vergaßen Kalorien, Gewicht und Preise … es war eine Feier, die wir uns redlich verdient hatten. Auf dem Rückweg zum Boot grüßte uns von Weitem bereits die Burg, angestrahlt von unzähligen Scheinwerfern. Die Zinnen, vergoldet vom Licht, erhoben sich weithin über die Bucht. Beschwingt gingen wir an Bord zurück, denn wir hatten einen freien Tag vor uns. Wir hatten einhellig beschlossen, einen Tag Pause einzulegen, bevor wir wieder auf Fahrt gingen.

47. *Tag*

15. August

Es ist Feiertag in Baiona, wir können die Wäsche nicht wegbringen, müssen also bis Laredo mit dem auskommen, was
wir haben, falls wir nicht in irgendeinem kleinen Dorf unterwegs doch noch eine Wäscherei ausfindig machen. Selbst
waschen ist höchstens bei eigener Kleinwäsche möglich, was
wir auch machen. Alles andere wie Handtücher und Bettwä-
sche, Pullis und Trainingsanzüge, die wir ja ständig tragen,
würden bei dieser Feuchtigkeit niemals trocknen, ganz abgesehen davon, dass wir auch gar nicht so viel Wasser ver-
schwenden dürfen.

Dafür machen wir einen langen Morgenspaziergang durch
das feiertägliche Städtchen. Setzen uns an der Hauptstraße
in eine Cafetería und lassen das bunte Leben an uns vorüberziehen, allerdings ein bisschen gestört von dem Autolärm,
der hier vorbeibraust.

Man kann halt nicht alles haben, die Sonne scheint, wir sind
in Spanien, überall herrscht Fest- und Ferienstimmung, und
wir haben noch einen halben Monat vor uns. Selbst wenn etwas dazwischenkäme, könnten wir auch erst Anfang Sep-
tember in Laredo zurück sein.

Das hängt nicht von Karl-Heinz und mir ab, denn wir können jetzt „ewig" Urlaub machen, so lange und wo immer es
uns passt, was ein herrliches Gefühl der Freiheit und Unabhängigkeit ist, aber unser Jüngster muss nach Madrid zurück, um seine Zukunft zu regeln und zu entscheiden, was
er jetzt nach seinem Studium machen möchte und sich auf
Jobsuche begeben.

Aber da gibt es noch etwas anderes zu bedenken, denn in der Biscaya kann man nur in ganz bestimmten Monaten segeln, denn sobald die meist frühen Herbststürme um Finisterre einsetzen, kann es äußerst ungemütlich und lebensgefährlich werden. Stürme hatten wir ja in diesem Sommer nun wirklich genügend zu spüren bekommen, und es ist äußerst ratsam, sich an das Zeitfenster zu halten, das als unbedenklich angegeben wird und da ist der Monat August halt doch der mehr oder weniger letzte Termin für eine ruhige Umrundung dieses Kaps.

Am Mittag machen Mirko und ich einen Spaziergang zur Burg. Wir nehmen nicht die gut ausgebaute Landstraße, sondern die kleinen, versteckten Fußgängerwege, die in Serpentinen auf den Berg hinaufführen.

Ernst Jürgen Koch schreibt in einem seiner Segelbücher über Baiona: *Der Hügel formt eine schützende Halbinsel vor der Bucht. Er ist von einer drei Kilometer langen Zinnenmauer umgeben. Ihr Ursprung verliert sich in dunkler Vorgeschichte. Hier hielten keltische Bauern und römische Legionäre ebenso Wacht wie galizische Seefahrer und spanische Söldner. Die Bevölkerung suchte zu Kriegszeiten Schutz hinter den Mauern oder wenn Seeräuber die Küste brandschatzten.*

Nun – heute sucht niemand mehr Schutz hier. Weit und lieblich im Morgensonnenlicht breitet sich das Meer zu unseren Füßen aus, felsig die Küste, steinig und muschelbewachsen, ein herrliches Farbenspiel durch das tiefe Blau des Wassers, die mit grüngoldenem Moos und schwarzen Muscheln bewachsenen hellen Felsen. Verkrüppelte Bäume in seltsamsten Formen beugen ihre Äste tief über die Ufer, flirrend die Luft, ein Duft nach Tannennadeln und Wärme. Flüchtige

Wolken jagen am hohen Himmel entlang, die Bucht ist umgeben von grünen Hügeln, ich möchte schauen und nichts als schauen. Ich kann mich einfach nicht sattsehen. Die Burg ist teilweise zu einem wunderschönen, sehr geschmackvollen Parador ausgebaut worden, so nennt man die mitunter schönsten Hotels in Spanien, die in sagenumwobenen Burgen, Palästen und Klöstern untergebracht sind, wo einst Könige und Kirchenfürsten residierten. Er ist herrlich eingerichtet mit antiken Möbeln und ausgestattet mit wertvollen Einrichtungsgegenständen, mit allem erdenklichen Komfort und hochmodernen sanitären Anlagen. Ein sehr gepflegter Rasen umgibt den Komplex. In den unzähligen Fenstern spiegelt sich rotgolden die Sonne, gelbe Sonnenschirme am Schwimmbecken als lustige Farbtupfer, fröhliches Stimmengewirr, Kinderlachen. Ich weiß, ich beschreibe oft die Umgebung sehr ausführlich, aber nach den vielen Stunden auf dem Wasser genieße ich solche Momente ganz besonders und irgendwie ist mein fotografisches Auge ständig auf der Suche nach diesen einmaligen Motiven und es findet sie ja auch immer wieder.

Mirko und ich können vom Gehen einfach nicht genug kriegen, voller Lust genießen wir jeden gelaufenen Meter, diese einfachste Form der Bewegung, während wir tief den Geruch von Erde und Meer einatmen.

Den Rest des Tages verbringt die Crew dann gemeinsam. Wir essen im Jachtclub und ruhen uns später auf dem Boot aus. Am Nachmittag wollen wir dann doch noch einmal an Land, kehren in kleine Beizen ein, wo wir den hier so typischen Pulpo (Tintenfisch) serviert bekommen, danach begeben wir uns aber doch relativ früh an Bord zurück, denn morgen wollen wir weiter.

Wir nehmen uns vor, Finisterre diesmal nicht auf einmal zu umrunden wie damals auf der Fahrt gen Süden. Diesmal wollen wir in eher unbekannte Häfen einlaufen und der nächste wird in einem kleinen Dorf namens Muros unterhalb des Kaps selbst sein.

48. Tag

16. August

Um 9 Uhr machten wir die Leinen los. Dunkel drohend hatten sich Wolken aufgebaut über den Cies Inseln vor der Küste, die Mirko gerne besucht hätte. Nur in einer einzigen, recht geschützten Bucht beobachten wir einige wenige Jachten, die hier geankert hatten. Überall sonst herrschte viel zu schlechtes Wetter, um dieses Wagnis einzugehen.

Bis wir aus der Passage zwischen Inseln und Festland raus sind, haben wir noch die Wellen in unsere Richtung. Entgegenkommende Boote verschwinden in tiefen Wellentälern, tauchen hoch auf dem Kamm der Wogen wieder auf und wir, unschuldig wie wir sind, freuen uns daran, dass wir es diesmal anscheinend leichter haben. Als wir dann auf unseren Kurs in Richtung Muros einlenken, werden wir für unsere Schadenfreude bestraft – die ganze Zeit über kämpfen wir mit hohen Wellen, mit Gegenstrom und vor allem mit Gegenwind, was die Fahrt wieder einmal zu einer Strapaze macht.

Hillaseven schlägt sich tapfer. Zwar beben und dröhnen ihre Körper, die Wogen spülen hoch über Deck, hinterlassen ihre Salzspuren auf Segeln, Luken, Planken und Gestängen. Es war ein Schütteln und Taumeln und Rütteln und Schlagen und Stoßen. Stunde um Stunde steuerten wir uns durch die Kreuzsee, bis wir endlich um 17 Uhr vor dem eigentlichen Hafen von Muros, der für die Fischerboote reserviert ist, den Anker herunterlassen können. Das Wetter sieht nach weiterem Sturm aus, ob wir morgen weiterfahren können, ist ausgesprochen fraglich.

Viele Jachten haben hier Schutz gesucht, obgleich das mit dem Schutz sehr relativ ist.

Otto setzt uns über an Land, wo wir eine große Überraschung erleben. Muros, ein kleines Dorf, von dem wir nicht viel erwartet haben und das wir nur als Zwischenetappe eingeplant hatten, bevor wir dann endgültig um Finisterre herumfahren wollten, stellte sich als ganz bezaubernd heraus. Alte Häuser, Arkaden in herrlichem Schwung, steile Gassen, Treppen, eine breite Uferstraße, kein ausufernder Tourismus, keine Hochhäuser und fremden Einflüsse. Ein Fischerdorf noch in seiner ursprünglichen Art, mit seinem eigenen urigen Charakter.

Wir erklimmen den Weg zur Kirche und erleben unsere zweite Überraschung. Das ganze Dorf scheint sich heute zu einem Treffen verabredet zu haben, denn auch hier ist heute Feiertag. Diesmal gilt das Feiern dem Heiligen San Roque. Der Gottesdienst ist offensichtlich eben zu Ende gegangen, und nun versammelt sich die Menge zu einer großen Prozession. Alte und junge Frauen hüllen sich teilweise ganz in weite braune Kutten mit Kapuzen, Chorknaben in ihrem kleinen Talar tragen große Kerzen und leiten den Zug. Anschließend kommt die Menge der Gläubigen und Mitläufer, danach die Büßer in ihren gleichfarbigen Kutten. Dahinter die Statue des Heiligen – getragen auf den Schultern von vier Männern – gefolgt von den drei Priestern des Ortes in ihren reich verzierten Talaren und Ornaten. Hinter ihnen baut sich die kleine Musikkapelle der Gaita-Spieler auf. Die Männer spielen voller Inbrunst und Hingabe auf diesem traditionellen galizischen Dudelsack. Die Spielpfeife erzeugt einen lauten, kräftigen Klang in hoher Tonlage, der sich in meinen Ohren schräg und falsch anhört, was sicherlich nicht auf die

Fähigkeit der Musizierenden zurückzuführen ist, sondern auf die Klangerzeugung des Musikinstruments selbst. Das Spielen des Gaita ist in Galizien sehr verbreitet und wird schon von klein auf erlernt.

Die Menschen machen einen zufriedenen und glücklichen Eindruck. Der Zug setzt sich in Bewegung, die einen betend, die anderen schwatzend, wiederum andere still in sich gekehrt und die ganze Prozession wird vom Rest der Dorfbewohner und den wenigen Besuchern begleitet.

Ihr Weg führt durch die Gassen zur Uferstraße, langsam und feierlich bewegt sie sich vorwärts und lässt mir Zeit, meine Aufnahmen zu machen. Ich habe Hemmungen, die Menschen aus nächster Nähe aufzunehmen. Ich möchte diesen sehr persönlichen Augenblick eines betenden Menschen respektieren und meine, nicht das Recht zu haben, diesen ungefragt in einem Bild festzuhalten. Ich kann das sehr gut nachempfinden, denn auch ich möchte nicht fotografiert werden, ich fühle mich dabei unwohl und beobachtet, also mute ich auch anderen die Verletzung ihrer Privatsphäre nicht zu. Dadurch kann ich aber leider nicht diese besondere, fast intime Stimmung einer solchen Prozession einfangen und die Bilder reduzieren sich auf Allerweltsaufnahmen. Dennoch freue ich mich darüber, die Atmosphäre dieses wunderschönen Sommerabends in dem kleinen galizischen Dorf als Erinnerung in meiner Kamera mit nach Hause zu nehmen. Da wir der Prozession bei ihrem Gang durchs Dorf folgen, lernen wir an diesem ersten Abend gleich die ganze Umgebung und den gesamten Ort kennen. Sollten wir einige Tage hierbleiben müssen, weiß ich bereits jetzt, welche Sehenswürdigkeiten ich unbedingt noch einmal aufsuchen muss, um einmalige Bilder zu machen.

Die Kirche, der Marktplatz, die typischen galizischen Häuser auf Steinsäulen, die heute eher als Schuppen, denn als Wohnung dienen, so viele schöne Ecken, die auf langen Spaziergängen noch zu entdecken und zu fotografieren sind. Manchmal habe ich das Gefühl, meine Umgebung nur noch durch die Linse meiner Kamera wahrzunehmen.

Etwas außerhalb des Dorfes fanden wir noch ein typisches Restaurant, in dem wir gemütlich zu Abend aßen, bis wir mit Otto über sehr unruhiges Wasser wieder zu Hillaseven übersetzten

49. Tag

17. August

Die Nacht war fast unerträglich unruhig gewesen. Oft und oft standen wir auf und schauten nach, ob unser Anker auch hielt. Der Wind pfiff und heulte. Hillaseven stöhnte unter dem Ansturm und an schlafen war überhaupt nicht zu denken. Ebenso wenig kam natürlich heute Morgen eine Weiterfahrt infrage. Keines der hier liegenden Boote rührte sich. Eher das Gegenteil war der Fall, immer mehr kamen hinzu, diejenigen, die draußen in der Weite des Ozeans eine entsetzliche Nacht durchstanden haben müssen.

So mussten wir wieder einen Tag des Wartens einlegen, den wir gleich zu einem Gang ins Dorf nutzten. Es war Markttag und in den alten Gassen und den engen Straßen herrschte ein sagenhaft buntes Gewühl von Menschen um die vielen Stände, an denen man fast alles kaufen konnte. Drogerieartikel türmten sich neben Käse und frischem Brot, Kleidung neben Obst und Gemüse, billige Andenken und Kitsch, Wurstwaren und Unterwäsche, Blusen und Seifen.

Dazwischen schreiende Kinder, kläffende Hunde, anpreisende und sich gegenseitig überbietende Stimmen, schrille Schreie und lautes Rufen, Gelächter und Ausgelassenheit. Wir drängten uns durch die Menge, hielten hier an, kauften da oder dort eine Kleinigkeit und vor allem machte ich Fotos und Fotos. In einem alten steinernen Palast, über dessen Portal ein riesengroßes Wappentier thronte, war der eigentliche Markt untergebracht. Das Angebot an regionalen Lebensmitteln war überwältigend. Im Eingangsbereich fanden sich die Brot-, Kuchen- und Gebäckstände. Es folgten Käse, Milch und Eier, Wurst und Fleisch, Fisch und Meeresfrüchte. Über die Außentreppe erreichten wir das obere Geschoss, dort boten die Bauersfrauen Gemüse und Obst zum Teil direkt aus großen Körben an, als wäre beides soeben erst frisch geerntet und gepflückt worden. Sie standen, hockten oder knieten in ihren weiten schwarzen Röcken, ihren hellen Blusen und mit dem unvermeidlichen Kopftuch und boten ihre Ware feil.

Ein lustiges, ein lautes und buntes Treiben, das uns begeisterte. Wir gingen in das untere Geschoss zurück zu den Fischständen, wo uns die reichen Auslagen faszinierten. Rot schillernder Drachenkopf, bräunliche Meeresspinnen, hellsilberner Seehecht, Fische mit spitzen Mäulern, mit runden Mäulern, alle weit aufgerissen, die Augen starr. Ob Fische schreien, wenn sie sterben? Die Frage drängt sich auf und doch begeistert dieses glänzende und in allen Farbschattierungen sich darbietende Reich des Meeres.

Der Geruch verbreitet sich penetrant, dringt in Haut, Haare und Kleidung. Und dazwischen wieder die herumstreunenden Hunde, Katzen, plärrende Kinder, schreiende Marktfrauen. Mag es auch nicht ganz unseren hygienischen Ansprüchen genügen, die einem hier irgendwie fehl am Platz und überflüssig vorkommen, so hoffe ich doch, dass so viel Urtümliches, so viel Typisches nie von anonymen Ladenketten, von sterilen Supermärkten mit Glastheken und Gefriertruhen abgelöst werden möge. Viel Eigenes, viel Lebenswertes ginge verloren und ich zweifle doch ganz entschieden daran, ob sich der Tausch gegen Moderne, gegen Hygiene und Sterilität lohnen würde. Was ich ganz entschieden verneine. Als meine beiden Männer genug vom Herumlaufen haben, mache ich mich allein weiter auf den Weg, hinaus aus dem Dorf, den Berg hinauf, vorbei an der Kirche, an modernen

Wohnhäusern, die mich nicht interessieren, in die Umgebung von Muros. Einmalig der Ausblick über Dorf und Kirchplatz, über den Hafen und die Jachten, über die umliegenden grünen Hügel bis weit hinaus aufs Meer. Es ist ein warmer Sommertag, hier oben merke ich kaum etwas von dem Wind, der uns heute Nacht nicht schlafen ließ. Hier herrschen die Landschaft und abgeerntete Felder mit den dürren Halmen – der Geruch nach warmer Erde. Der Schrei eines Vogels im flutenden Licht. Rote Tomaten bekommen ihre letzte Reife, ausgebreitet auf einem Steinbänkchen. Ich entdecke viele dieser sogenannten Horreos, der galizischen Steinhäuschen auf Säulen und Pfeilern, streife durch die Felder, gehe ins Oberdorf, wohin sich offenbar die etwas Reicheren zurückgezogen haben. Kleine, hübsche Häuser am Straßenrand.

In einem Garten leuchtet verlockend das blaue Wasser eines Schwimmbades, während vom anderen penetranter Geruch aufsteigt. Aus dem wirklich schön angelegten Vorgarten führt ein dickes Rohr ins Feld, aus dem schleimig und dickflüssig Abwasser und Exkremente tropfen. Ich wundere mich, denn eine Kanalisation ist sehr wohl vorhanden. In großen Tonnen wird das Regenwasser gesammelt und überall herrscht sommerliche Stille.

Eine Frau steht am Waschtrog und schrubbt ihre Wäsche, eine andere hängt sie in die helle Sonne. Genügsamkeit und eine leichte Heiterkeit strömt von dieser Landschaft auf mich über. Und wieder andere Frauen am öffentlichen Waschtrog, lachend, prustend, sie suchen ein wenig Unterhaltung, vielleicht etwas Abwechslung vom immer gleichen Alltag. Eine zeigt mir die Quelle, und immer und immer haben sie Wasser. Sie verschönern nichts, sie übertreiben nicht, sie lassen mich an ihrem Leben ein wenig teilnehmen. Die Wäsche wird strahlend sauber, und die Sonne und der Wind trocknen alles im Nu. Während sie erzählen, wringen sie große Tücher aus, schrubben und winden und waschen und zupfen. Die schwieligen Hände, rau vom kalten Wasser, nehmen Laken nach Laken, Überzug nach Überzug in die Waschbrühe. Von Erleichterung bei der Hausarbeit haben sie noch nie gehört, Emanzipation ist ihnen ein Fremdwort und dennoch scheinen sie glücklich zu sein.

Aber ich möchte nicht mit ihnen tauschen. Und währenddessen mache ich Bild auf Bild, grüße alte Frauen und Männer, die mich argwöhnisch beobachten, aber mein Gruß macht sie zugänglicher.

Ich betrete eine kleine Kapelle oberhalb des Dorfes. Schlichter Innenraum, rot überhaucht vom Schein brennender Kerzen, die in roten Plastikbehältern stehen. Der Thron des San Roque, den sie gestern durch die Straßen trugen, ist hier oben auf dem Fußboden abgestellt worden. Ein unwirklich flackerndes Licht macht die Züge des Heiligen seltsam lebendig. Ganz einfache Holzbänke, in der Luft hängt noch der Geruch nach Weihrauch, an der Wand steht ein windschiefer, teilweise beschädigter Beichtstuhl, zerbrechliches Zeichen für Macht und Verfall, aber auch für Angst. Denn gerade in diesen Dörfern sind der Hexenglaube und die Teufelsaustreibung oft noch sehr lebendig, wie wir im Gespräch mit einem Dorfbewohner ungläubig staunend zur Kenntnis nehmen mussten. Welch ein harter Gegensatz zu Fortschritt und Aufklärung, Entwicklungen, die hier vorbeigegangen zu sein scheinen, ohne Halt zu machen.

Mittlerweile ist es ziemlich spät geworden, gewiss warten die Männer schon ungeduldig auf meine Rückkehr, damit wir essen gehen können. Bei diesen Zwischenstationen, die wir in diesen Dörfern einlegen, mache ich mir das Leben einfach, das Mittagessen kostet nur wenig und ich spare mir die Arbeit.

Am Nachmittag sind wir auf dem Boot. Gott sei Dank, denn gegen Abend erhebt sich ein Sturm, wie wir ihn bisher noch nie in einem Hafen erlebten.

Ein französisches Boot, das eben eingelaufen war, will Anker werfen, aber immer und immer wieder wird es von der reißenden Strömung abgetrieben und zum Schluss kollidiert es noch mit einem der hier ankernden Boote.

Alle Segler sind in Alarmbereitschaft. Kein Boot, auf dem nicht die Leute stehen und absichern, nachprüfen, weitere Anker ausbringen. Man meint, man wäre im offenen Meer.

Eine Mannschaft, die an Land war und nicht mehr vor dem Sturm zurückkehren konnte, will jetzt mit ihrem Dingi ihr Boot erreichen. Es ist ein wirklich gefährliches Unterfangen. Wasser schwappt über das kleine Boot, im Nu sind die Leute total durchnässt, gefährlich schwankt das leichte Boot.

Plötzlich – was ist denn das? Entsetzt halten wir alle den Atem an, denn genau an der einen Seite des Dingis erhebt sich ein riesengroßer Delphin mit einem weit ausholenden Sprung aus dem Wasser. Knapp neben dem Boot landet er wieder, wir haben den Eindruck, als würde er direkt auf die Leute fallen. Einen derart großen Delphin haben wir auf der ganzen Fahrt noch nicht gesehen, es scheinen außerdem mehrere zu sein.

Von allen Booten dringen jetzt anfeuernde Rufe zu den jungen Leuten hinüber, die zwar lachend, aber doch irgendwie mit mulmigen Bewegungen auf ihr Boot zusteuern, das sie endlich auch sicher erreichen.

Unser Kapitän beschließt, dass wir die Anker heben und zur anderen Seite der Bucht hinüberfahren sollen.

Im Windschatten des dortigen Hügels könnten wir ankern, wo wir – durch das Fernrohr können wir es sehen – bei Weitem ruhiger liegen würden. Niemand von uns hat Lust, nochmals eine solche Nacht wie die letzte zu erleben. Aber jetzt ... jetzt die Anker heben? Wir sind zu Tode erschrocken, wollen uns weigern, diskutieren, aber natürlich muss es Karl-Heinz ja besser wissen. Mirko zögert, sogar dann noch, als er bereits beginnt, den Anker hochzuwinden. Und dieses sekundenlange Zögern bringt uns in die Gefahr, mit einer Jacht zusammenzustoßen. Mit Mühe hält Karl-Heinz das Boot, auf das wir in rasender Fahrt zugesteuert sind, von uns weg. Er schreit, wir sollten uns eilen. Vor Angst haben wir total ausgetrocknete Münder. Der Atem geht keuchend – Anker hoch, Motor auf Volltouren. Wie kann Hillaseven das denn überhaupt schaffen? Es erscheint uns im Aufruhr der Natur völlig unmöglich. Der Sturm heult und bläst mit einer Stärke, dass wir uns an Bord festhalten müssen, um nicht von Deck gefegt zu werden. Draußen liegt ein uralter Kasten, verrostet und ausrangiert, riesig. In seinem eisernen Innern stöhnt der Wind, ein hohles Gurgeln, als wir unseren Weg vorbei an diesem halben Wrack suchen.
Und in diesem Augenblick geschah es: Wir sahen den Sturm!!
Ich habe bestimmt schon einiges an Bord erlebt. Wir haben auch schon manches Unwetter durchgestanden. Wir haben den Sturm gefühlt, er hat uns durchgeschüttelt, er brachte uns schon oft genug Kälte und Frieren. Er hat an Anker und Ketten und Fender gerissen und gezerrt. Wir haben ihn wüten gehört.

Aber … wir haben ihn noch nie gesehen!

Körperlich gegenwärtig, sichtbar wie eine transparente und dennoch deutlich auszumachende Gestalt, erhob er sich über dem Wasser, streifte darüber hinweg, wirbelte strudelnd Wellen auf. Erhob sich in die Luft. Und … verging.

Wir stehen wie erstarrt, schauen uns sprachlos an. Das gibt es doch nicht! Solch ein Schauspiel haben wir noch nie erlebt und hätten es auch ganz sicher niemals geglaubt, wenn es uns jemand erzählt hätte.

Schnell müssen wir uns wieder fassen, denn jetzt gleiten wir an einer der typischen, künstlich angelegten Muschelbänke vorbei, die man in allen Buchten Galiziens findet.

Und ganz unversehens … Windstille.

Eine überwältigende Stille, noch haben wir den Lärm und das Toben in den Ohren, aber ganz plötzlich sind wir im Windschatten des Berges geborgen.

Wir atmen auf, suchen uns einen Platz, lassen die Anker runter. Und dann setzen wir uns erst einmal hin und versuchen, uns zu erholen. Noch zittern die Knie, noch scheint es uns unfassbar, dass wir es geschafft haben. Dass Hillaseven, allerdings diesmal nur wegen der klugen Entscheidung unseres Kapitäns, bei dem wir uns für unser Zögern kleinlaut entschuldigen, auch dieses Abenteuer wieder gut und souverän überstanden hat. Von einigen Fallböen abgesehen, haben wir hier drüben wirklich einen ruhigen Ankerplatz gefunden.

Wir würden es den anderen gern zurufen, die dort drüben ausharren, die eine weit schlimmere Nacht als die vergangene vor sich haben, aber wahrscheinlich wagen sie nicht, was unser Kapitän gewagt hatte. Es war eine wirklich mutige, vielleicht sogar gefährliche Entscheidung gewesen, denn wenn der Motor nur ein einziges Mal gestreikt, wenn nur irgendeine Kleinigkeit versagt hätte, wäre unser Boot an den Kaimauern des Hafens zerschellt. Es erforderte wirklich schnellstes Handeln und viele trauen sich das nicht zu. Zum Schluss kommt dann doch noch ein Franzose mit seiner Jacht hinüber, aber mehr kommen nicht.

Ein sanftes Abendlicht liegt über der aufgewühlten Natur. Das herrliche Schauspiel eines Sonnenuntergangs fesselt unsere Aufmerksamkeit. Friedlich dümpelt eine kleinere Jacht, die irgendeinem Einheimischen gehören mag, im seichten Wasser. Von der nahegelegenen Straße tönt gedämpft das Rumpeln eines alten Autos. Es riecht nach Wald und Erde und wir sind in Sicherheit.

In dieser Nacht schlafen wir tief und fest. Der Anker hält, der Wind tobt auf der anderen Seite, uns kann jetzt nichts mehr geschehen. Mir fallen die Worte Emilio Prados ein.

Brücke meiner Einsamkeit:
durch die Augen meines Todes
fließen deine Wasser zum Meer,
zum Meer, von dem man nicht wiederkehrt.

50. Tag

18. August

Fünfzigster Tag – schon so viele Tage sind wir unterwegs! Derart schwer hatten wir uns den Törn in den Norden nicht vorgestellt. Und Laredo, das in Baiona für kurze Stunden nahe schien, ist wieder in weite Ferne gerückt. Denn noch haben wir den schwierigsten Teil der Fahrt vor uns.

Aber, oh Wunder, heute Morgen hat der Wind nachgelassen und sofort nutzen wir die Gelegenheit, um wenigstens ein Stückchen vorwärtszukommen. Wir machen die Fahrt wirklich in winzigen Etappen. Im Voraus zu planen, ist bei diesen Wetterbedingungen einfach unmöglich.

Rasch machen wir uns auf, die kurze Strecke von Muros nach Finisterre zurückzulegen. Eigentlich wären wir gerne noch weitergefahren, wenigstens bis in einen anderen Meeresarm, der bereits hinter dem Kap liegt. Aber das Wetter, das uns offensichtlich nur eine kleine Atempause gegönnt hatte, die wir für dieses kurze Stück ausnutzen konnten, kam mit verstärkten Kräften und Anstrengungen wieder zurück. Also entschieden wir, direkt ins Dorf von Finisterre einzulaufen. Wir stellten uns vor, dass eine so gefährliche Gegend, eine von Sturm und Wellen so geschüttelte Zone doch zumindest einen sicheren Fischerhafen haben müsste. Weit gefehlt! Der harte Nordost stand direkt auf dem Hafen von Finisterre, wenn man die Kaimauer, die man notdürftig mitten in die Bucht gebaut hatte, überhaupt als Hafen bezeichnen wollte. Die Schiffe, die dort Schutz gesucht hatten, einschließlich der kleinen und großen Fischerboote, bewegten sich wild und unkontrolliert in der unruhigen See.

Erst wollten wir dort auch Anker werfen, aber als wir diese Bewegung, diese Unruhe sahen, als wir auch das Gefährliche der Situation erkannten, denn wenn hier etwas passierte, würden wir an den hoch aufgetürmten Steinbrocken enden, die man als Hafenmole aufgeschüttet hatte, zogen wir es vor, weiter in die Flussmündung hineinzufahren und direkt vor einem langen Sandstrand zu ankern. Wir legten, klug geworden durch die letzten Erfahrungen, auch gleich noch einen zweiten Anker aus, denn ebenso wenig wie an der Hafenmole wollten wir auf dem Sandstrand enden. Hier waren wir jetzt wirklich am Ende der Welt. Unscheinbar schien das Dorf Finisterre zu uns herüber. Wir hatten wahrlich keine Lust, eine kleine Exkursion dorthin zu machen, hässlich waren die Häuser, abgeblättert die Farben und alles durchsetzt mit unschönen modernen Bauten.

Der Strand dagegen lud zu einem Spaziergang ein – weit – weiß – einsam. Mit hohen Dünen, rauem Strandgras, mit wenig Leuten, die heute, Samstag, das Wochenende hier verbrachten. Mit Otto setzten wir an Land. Wir wollten einen Markt aufsuchen, der in solchen Gegenden immer durchgehend geöffnet hat, denn langsam ging uns das Trinkwasser aus.

Während Karl-Heinz an einer der Trinkbuden Kontakte zu den Einwohnern knüpfte, machten Mirko und ich uns auf, ins nah gelegene Dörfchen zu laufen, von dem man uns sagte, dass es einen Supermarkt besäße. Aber der Weg zog und zog sich in die Länge, und da wir wieder einmal, wie schon so oft, auf der Landstraße laufen mussten, wo sich all die verhinderten Rennfahrer offensichtlich ein Stelldichein gaben, ließen wir von unserem Vorhaben ab und gingen Dünen einwärts wieder zum Strand zurück.

Und dabei stellten wir fest, dass die Menschen oft gar kein Gespür für die unglaubliche Schönheit ihrer Umgebung haben. Eine Schweinerei war das, was wir zu sehen bekamen. Der Wald, der eigentlich, weit entfernt von jeder menschlichen Behausung, sauber und gepflegt sein sollte, war übersät mit achtlos weggeworfenem Unrat. Gedankenlose Abfallentsorgung in der Natur! Leere Büchsen, Flaschen, Plastikbeutel, Hausrat, Essensreste. Der Müll stank nicht nur, der Anblick machte uns wütend und traurig.

Man sagt ja, Glasscherben könnten das Sonnenlicht so stark bündeln, dass sich der dürre und ausgetrocknete Waldboden entzündet und daraus dann ein Waldbrand entsteht, von denen Galizien in jedem Sommer heimgesucht wird. Ob diese Aussage nun stimmt oder nicht, ändert nichts an der Tatsache, dass der illegal entsorgte Abfall im Wald einen unerträglichen Anblick darbot und dass allein in den ersten zehn Augusttagen 1056 Brände gezählt wurden.

Wir sahen die Brände, wir rochen sie, wir hörten die Feuerwehren. Es war tragisch, es war unverantwortlich, denn in den meisten Fällen waren diese Brände provoziert. Von der Papierindustrie, die in Galizien den schnell wachsenden Eukalyptusbaum anpflanzen möchte, wogegen sich die Einheimischen vehement wehren, weil er den Boden zerstört. Da dieser Baum keine Blätter abwirft, führt er der Erde nicht den notwendigen Humus zu, sondern laugt sie nur aus. Wirtschaftsverbrecher, die nur ihre kleinen, unwichtigen Ziele verfolgen und dabei das Land ruinieren, denn sie bedenken nicht, dass Galizien in absehbarer Zeit ein waldloser Landstrich sein wird, verkarstet und ausgetrocknet. Man nennt sie die Costa Verde (grüne Küste), aber wenn die Brände weiter so wüten, wenn die mutwillige Zerstörung weiterhin anhält, wird man in kurzer Zeit von der Costa Negra, der schwarzen Küste, der verbrannten Küste sprechen müssen. Über der ganzen Landschaft hängt der verkohlte Geruch von Feuer. Löschflugzeuge fliegen in weitem Bogen über der Bucht, nehmen Wasser auf und entladen ihre Fracht über den lodernden Flammen. Im gesamten Norden stehen nur drei Flugzeuge zur Verfügung. Ganz abgesehen davon, dass man mit salzigem Meerwasser löscht, was zur weiteren Vernichtung des fruchtbaren Bodens führt. Und wenn es nicht die Papierindustrie, die Bau-Mafia, die illegale Abfallentsorgung, die achtlos weggeworfene Zigarette oder das nicht richtig gelöschte Lagerfeuer ist, dann ist eine weitere mögliche Brandursache die kuriose Prämienzahlung an jene Menschen, die sich an der Brandlöschung beteiligen. Bei den geringen Löhnen und der Armut liegt die Vermutung nahe, dass Feuer absichtlich gelegt wird, um genau diese Prämie zu kassieren und sich somit ein höheres Monatseinkommen zu sichern. Warum zahlt man keine Prämien für Präventionsmaßnahmen? Oder für die Abfallbeseitigung im Wald? Fragen über Fragen, man fühlt sich oft so machtlos angesichts dieser rücksichtslosen Zerstörung. Man befürchtet die Folgen und kann anscheinend doch nichts unternehmen. Ich habe schon manches Mal mit dem Gedanken gespielt, mich Greenpeace anzuschließen und mich aktiv für eine bessere Welt einzusetzen. Als Einzelner kann man nicht viel erreichen, aber in der Gruppe sind schon manch große Erfolge errungen worden. Letztlich unterstütze ich viele Aktivitäten mit Spenden und hoffe, dass das Geld nicht von Verwaltung und Bürokratie aufgezehrt oder gar im Sumpf skandalöser Machenschaften versickert, wie dies bereits bei einigen Hilfsorganisationen oder Bürgerinitiativen geschehen ist.

Aber vielleicht suche ich nur eine Ausrede, denn schließlich ergibt die Summe vieler Einzelner eine große Menge Menschen, die sich tagtäglich für hehre Ziele einsetzen.

Jedenfalls kehrten wir unverrichteter Dinge wieder an die kleine Trinkbude zurück, wo unser Käpt'n mittlerweile eine feuchtfröhliche Freundschaft mit einem Spanier geschlossen hatte, der seit 20 Jahren in Köln am Rhein arbeitet! Die Familie spricht recht gut Deutsch. Die Tochter ist in Mirkos Alter und hat nur den einen Wunsch, in ihr Heimatland zurückzukehren, während sich die Eltern sehr gut vorstellen können, für immer in Deutschland zu bleiben. Mich jedenfalls würde nichts nach Finisterre ziehen, aber ich erlebe es ja selbst, wie stark die Heimatgefühle sein können und wie schmerzhaft Heimweh ist, und wenn es nur die Sehnsucht nach der eigenen Sprache ist.

Wir lassen uns im Chiringuito, so nennt man in Spanien die Trinkbuden, ein Schnitzel mit Pommes frites braten, das ich genauso gut und schnell, nein, besser, schneller und billiger auf dem Boot hätte zubereiten können, aber man verkauft uns Mineralwasser und das wiegt alles andere auf. Morgen wollen wir weiterfahren.

51. Tag

19. August

Um vier Uhr in der Nacht weckt Karl-Heinz uns auf. Mirko soll den Anker heben, wir müssen weiter weg vom Land, denn wieder ist heftiger Sturm aufgekommen, der uns, falls der sandige Untergrund nachgibt, unweigerlich auf den Strand spülen würde. Dunkel drohen Wolken. Wetterleuchten erhellt die Nacht von allen Seiten. Ich weiß nicht, wie es den Schiffen im Hafen von Finisterre ergeht, wenn schon wir Angst haben müssen, obwohl wir von jeder Mauer und eigentlichen Gefahr entfernt sind.

Wir ruhen noch ein wenig, aber an Schlaf ist nicht mehr zu denken. Von überall her blitzt es jetzt, lila zucken die Blitze über den schwarzen Himmel, fern grollt der Donner. Es war eigentlich das, was man auf dem Boot am meisten fürchtet und das Einzige, was uns in unserem Erfahrungsschatz noch gefehlt hat – Gewitter. Und diesmal ist es nicht nur eines, nein, von allen Seiten drängen sie in die Bucht, wälzen sich über das Gebirge, tauchen aus dem Landesinneren auf, erhellen den Himmel, erfüllen die Luft mit eigentümlichem Rauschen, mit gelbem Zucken und grellen Zeichnungen auf dem Schwarzdunkel des Morgenhimmels.

Heute bringt es keine Sonne fertig, sich durch das Gewölk zu stehlen, grau und diesig zieht der Tag herauf. Fahles Licht über dem verlassenen Strand, über den nur der Wind fegt, Sand aufwirbelt, Papier und Abfälle durch die Luft schleudert, die Flammen des gegenüberliegenden Waldbrandes anfacht, von dem wir nur den schwarzen Rauch sehen können.

Auch wenn der Hafen gefährlich ist, so ist es doch noch gefährlicher, bei Gewitter auf offener See zu verbleiben. Also verholen wir wieder den Anker und begeben uns in den Hafen, der gerammelt voll liegt. Belgier, Franzosen, Deutsche, Spanier, große und kleine und winzige Fischerboote. Die Jachten haben vorsichtig Abstand voneinander gehalten, der Sog, der Schwell und die Bewegung der einzelnen Boote sind wirklich zu stark. Wir suchen uns einen Platz und wollen erst mal abwarten, wie sich das Wetter entwickelt. Als es sich dann gegen elf Uhr aufklart, wollen wir die Ausfahrt versuchen. Schon die uns entgegenkommenden Fischerboote, die man oft genug erst im letzten Augenblick sah, weil tiefe Wellentäler die Sicht versperrten, hätten uns eigentlich vermuten lassen sollen, dass ein Auslaufen einfach Irrsinn war.

Und tatsächlich, als wir vorne am Kap, am Ausgang des Meeresarmes, ankamen, als der Sturm mit Stärke acht über Hillaseven und uns hinwegfauchte, machten wir wieder kehrt. Wir fuhren aber wiederum nicht in den Hafen ein, sondern verholten zum Strand, da es uns dort viel ruhiger und friedlicher schien. Hier verbrachten wir dann einen gemütlichen Sonntag. Nur wenige Menschen hielten sich heute am Strand auf, der Tag war einfach zu unfreundlich. Ich kochte an Bord, wir spielten, lasen, schrieben und ruhten aus. Ob wir jemals um dieses verfluchte Kap herumkommen?!

52. Tag

20. August

Offensichtlich hatten die Warterei und das ständige Verschieben unserer Weiterfahrt uns und unseren Kapitän mürbegemacht. Anders kann ich mir nicht erklären, wieso wir an diesem Tag unter solchen Wetterbedingungen und allen Erfahrungen zum Trotz auslaufen konnten. Eine Entscheidung, die uns stundenlang in eine fast aussichtslose Lage versetzte.

Es wurde eine fürchterliche Fahrt mit Sturm, hohen Wellen gegen uns und ein Vorwärtskämpfen, wie wir es bis jetzt auf dieser Fahrt noch nicht erlebt hatten. Dabei hatten wir doch schon so oft gegen ähnliche Wetter- und Segelverhältnisse angekämpft, warum dann eine solche Entscheidung?

Diesmal verlor ich völlig und unbeherrscht jede Kontrolle über meine Angst. Ich heulte nicht nur, ich schrie und fluchte und war einem völligen hysterischen Nervenzusammenbruch sehr nahe.

Mirko versuchte, mich zu trösten, wollte mich davon überzeugen, dass es wirklich nicht gefährlich, sondern nur absolut widerlich und scheußlich sei, aber ich glaube, auch er war am Rand eines Verzweiflungsausbruchs, nicht, weil er Angst gehabt hätte, wie er beteuerte, sondern weil er, wie wir alle, das Wetter einfach satt hatte. Es war ja gut möglich, dass keine Lebensgefahr bestand, aber für einen vernünftigen Gedanken blieb in dieser Lage wenig Spielraum.

Man muss sich das mal ausmalen. Grau und grob die See, meterhohe Wellen, die ständig über das Schiff spülten, die sich zwischen den Körpern schlagend und lärmend in unbeschreiblichem Krachen brachen. Das Boot erzitterte unter dem Aufprall der Wogen. Und das alles auf einer kleinen Fläche von ein paar Quadratmetern mitten im tosenden, endlos weiten Meer.

Da das Toben dieser unbarmherzigen Naturgewalten gerade in meiner Kajüte ganz besonders laut zu hören und heftig zu spüren waren, ließ ich mich dazu überreden, mich im Mitteil des Bootes auf die Couch zu legen, wo das Krachen und Stoßen ein klein wenig gedämpfter schien. Der Sturm schien uns kleine Menschenkinder mit seinem Heulen und Geifern und Zetern und Zerren zu verspotten und zu verhöhnen, wagten wir es doch, uns gegen diese Naturgewalten aufzulehnen! Tatsächlich empfand ich diesen ganzen Törn plötzlich nur noch als eine einzige Qual! Nein, das hatte absolut nichts mehr mit Segeln, mit Ferien, mit Wohlfühlen, mit Abenteuer zu tun. Das war pures Entsetzen und Angst und ich war mir gar nicht so sicher, ob nur ich so empfand und die beiden Männer ihre Gefühle besser verbergen konnten oder besser unter Kontrolle hatten! Zu der Angst gesellte sich die Traurigkeit darüber, dass ich mein Vertrauen in unseren Kapitän verlor. Wie konnte er uns das nur antun! Wir hatten doch keine Eile.

Was war schon dabei, ein paar Tage oder Wochen länger unterwegs zu sein. Ich haderte mit meinem Schuldgefühl, ihm gegenüber ungerecht zu sein. Nun überkam mich eine Wut, eine unbeschreibliche Wut auf ihn, auf mich, auf diesen Gott verfluchten Segelurlaub, einfach auf alles! Wut als Ventil gegen die Angst! Und wieder schwor ich mir, bei diesem letzten Stück aufzugeben, einfach nicht mehr mitzumachen! Wenn wir aus dieser beschissenen Situation herauskommen sollten, wollte ich den nächstbesten Bus nehmen und auf sicheren Straßen nach Laredo fahren. Ein für alle Mal mit diesem angeblichen Sport, der nicht mein Sport war, Schluss zu machen. Gedanken, Gefühle und Entscheidungen, geboren aus tiefster Verzweiflung und Angst, die man sich gar nicht vorzustellen vermag, wenn man selbst niemals solche verflucht gefährlichen Stunden erlebt hat.

Nun, wir legten die 35 sm zurück – und das waren 35 Ewigkeiten!, denn eine Umkehr war jetzt fast genauso gefährlich und ungemütlich. Wir umrundeten nun endlich das Kap von Finisterre, aber das Wetter und die Bedingungen blieben weiterhin unbarmherzig bis weit hinter La Coruña. Vorerst liefen wir in Camariñas ein, wo wir einen sehr gut geschützten Fischerhafen vorfanden, in dem wir wie erlöst nach diesem Höllentrip endlich ankern konnten.

Um an Land zu gehen, waren wir, zumindest ich, viel zu fertig. Wir blieben an Bord und gingen früh schlafen. Ich glaube, nach unserer Ankunft in Laredo werde ich eine Woche lang nur schlafen, schlafen, schlafen!

53. Tag

21. August

Wir bleiben. Wieder ist an ein Auslaufen nicht zu denken. Sturm und Unwetter draußen. Hier sind wir geschützt. Wir setzen mit Otto in das Hafenbecken hinüber, machen ihn fest, rechnen allerdings nicht mit dem riesigen Unterschied zwischen Ebbe und Flut, sodass wir ihn am Nachmittag, als wir zurückwollten... aber davon nachher mehr, denn das war ja erst Stunden später.

Ich kämpfe immer noch gegen all meine gestrigen Gefühle, Gedanken und Vorwürfen Karl-Heinz gegenüber. Letzten Endes hatten wir unser Ziel dank seiner gewagten Entscheidung erreicht, aber hat sie sein müssen? War sein Handeln nicht fahrlässig und mein Zorn darüber gerechtfertigt? Warum sollte ich mich über mein Verhalten schämen? Sind solche Wagnisse nicht reine Herausforderungen an das männliche Ego, um zu beweisen, ich bin stark, ich habe gesiegt? Wo bleibt die Verantwortung den Liebsten gegenüber? War das also unbedingt nötig?

Die Stimmung an Bord war gereizt, nein, eigentlich sehr betrübt, sodass es zur Entspannung der Lage beitragen würde, heute an Land zu gehen.

Wir entdeckten ein ganz wunderhübsches Dorf mit unzählig vielen typischen Ecken, Plätzen, Straßen und Häusern, Gassen und Gärten. Das gestrige Zittern war natürlich verflogen, denn meine Kamera konnte ich wieder für die tollsten Aufnahmen stillhalten. Vergessen war auch meine Absicht, die Weiterfahrt mit Hillaseven aufzugeben, die ich so vehement und voller Überzeugung kundgetan hatte.

Die Nerven beruhigten sich; auf dem gemeinsamen Weg konnte ich, auch wenn das vielleicht überheblich klingt, unserem Kapitän verzeihen, aber Verständnis für seine Entscheidung würde ich nicht aufbringen. Hoffentlich trägt auch er mir meine Angst und Hysterie nicht weiter nach.

Wir streifen stundenlang durch das Dorf, verzaubert von der Schlichtheit, erneut entsetzt von der Armut, begeistert von der Freundlichkeit der Menschen, die einem wirklich jede nur notwendige Hilfe anbieten.

Kaum Fremdenverkehr, sodass wir auch hier überall Ursprüngliches vorfinden, genau wie in Muros. Wir entdecken eine Bäckerei, deren verlockender Duft uns magisch anzieht. Wir kaufen Frühstück für den nächsten Tag, aber ein paar Meter weiter haben wir bereits die knusprigen Croissants verspeist und machen uns am Nachmittag nochmals auf den Weg, um erneut Frühstück zu kaufen.

Die Bäckersfrau empfiehlt uns ein entzückendes Lokal, wo man sehr gut und billig essen könne, was wir zum Mittagessen auch gleich ausprobieren. Nach einem lukullischen Mahl wollen wir an Bord zurück, aber … mittlerweile hatte Ebbe eingesetzt und wir befürchteten bereits, unseren kleinen Otto verschmutzt und verschlammt vorzufinden, aber es kam viel schlimmer! Er war gar nicht mehr da!

Unser Schreck war riesig, denn ohne Otto waren wir aufgeschmissen. Wie sollten wir zurück aufs Boot kommen? Selbst wenn uns jemand zur Hilfe kommen würde, wie könnten wir dann die verbleibenden Tage an Land gehen? Verzweifelt suchten wir den Abschnitt nach einer Spur von ihm ab und dachten uns noch nichts dabei, als wir eine Gruppe Jugendlicher lachend davonrennen sahen. Als wir das Beiboot weit entfernt von der Stelle fanden, wo wir es ursprünglich abgelegt hatten, war uns klar, dass die jungen Leute Otto für einen kleinen Ausflug genutzt hatten und sich jetzt über unseren Schreck lustig machten. Hatten die Halbstarken überhaupt eine Ahnung davon, was sie da anrichteten? Nicht nur, dass Otto beschädigt oder gar verloren gehen könnte, sie brachten sich ja selbst in Gefahr! Der zweite Gedanke war uns allerdings in diesem Augenblick herzlich egal! Denn eine solche Unverfrorenheit machte uns nicht nur sprachlos, sondern unwahrscheinlich wütend. Sich einfach fremden Eigentums zu bemächtigen und damit Unfug zu treiben! Was für eine Frechheit! Unser kleiner Dicker! Was würden wir ohne ihn nur machen?

Wir begreifen jetzt auch, weshalb die anderen Jachtbesitzer ihre kleinen Dingis nur mit Ruder bestücken und den Motor bewusst an Bord lassen. Denn ein Motor kann entwendet und zu gutem Geld gemacht werden.

Wir wollten diese Unverschämtheit nicht einfach auf sich beruhen lassen und überlegten, eine Anzeige zu erstatten. Auf die paar Liter verbrauchten Diesel kam es uns nicht an! Die Jungs sollten lernen, dass jeder Spaß auch Grenzen hat! Dass sie sich nicht am Eigentum anderer vergreifen dürfen! Dass sie großen Schaden hätten anrichten können – sie brauchen Otto ja nur an einer Stelle abzulegen, die mit spitzen oder scharfkantigen Gegenständen übersät ist. Der Bootskörper könnte ein Loch, einen Riss, einen Schnitt davontragen und wir hätten es erst bemerkt, wenn er langsam Luft verloren hätte und wir sogar in Gefahr geraten wären. Nicht umsonst untersuchen wir immer haargenau die Stelle, wo wir Otto an Land festmachen. Eine Anzeige nutzte aber nichts, denn es gab keinerlei Spur dieser Jungen, höchstens gegen unbekannt, und diese Mühe konnten wir uns sparen.

Es sollte nicht das letzte Mal sein, dass wir diese Erfahrung machen. Aber auf einem der Landgänge entdecken wir sie, können die Jungs auf frischer Tat ertappen. Diesmal scheint das Warnsystem untereinander zu versagen, denn wir erfuhren, dass bei diesen Jugendbanden einer mit seinem Fahrrad Schmiere steht und wenn er das Kommen der Bootsbesitzer bemerkt, eilt er an den Tatort, damit die Kumpels rasch von dort verschwinden können.

Diesmal jedoch kommen wir gerade rechtzeitig, um einige der Maulhelden zu beobachten, wie sie mit Otto eine Runde im Hafenbecken starten möchten. Unser Kapitän hat dann so schrecklich laut geschrien – zumal zwei Polizisten neben uns standen – dass sie freiwillig sofort an Land kamen, wo wir ihnen zum Empfang am liebsten ein paar Ohrfeigen verabreicht hätten. Mit der Polizei hatten wir ja bereits vom ersten Tag an gedroht, aber das nutzte offenbar gar nichts, denn auch jetzt reagierten die beiden Ordnungshüter sehr gelassen, sodass die Jungs nur schleunigst das Weite suchten. Otto blieb wenigstens an diesem Abend unversehrt. Ich hätte jeden von ihnen am liebsten ins Wasser geworfen, die Stelle, an der Karl-Heinz gerade stand, wäre herrlich passend gewesen für eine ordentliche Erfrischung dieser rücksichtslosen Bengel. Leider fallen einem die besten Ideen immer zu spät ein! Gut, dass sich manch Rachegelüste nur im Kopf abspielen!

54. Tag

22. August

Wir bleiben. Draußen herrschen weiterhin Sturm und Unwetter, wir laufen nicht aus.

Gestern Abend, als wir in einer kleinen Bar die Nachrichten im Fernsehen anschauten, sprach ich mit der Wirtin, die mir auf Anhieb unwahrscheinlich sympathisch war und fragte nach einer Möglichkeit, hier Wäsche waschen zu lassen. Zuerst meinte sie, sie hätte eine Nachbarin, die das gewiss gern übernehmen würde, eine Wäscherei gäbe es nämlich am Ort nicht. Nachher stellte es sich heraus, dass sie selbst unsere Wäsche, die wir noch am gleichen Abend hinbrachten, gewaschen hatte. Ich war überwältigt von ihrer Freundlichkeit und Hilfsbereitschaft.

Heute nun wollten wir bei einem großen Spaziergang den Ort und seine Umgebung erkunden. Unser Kapitän drückte sich wieder einmal und ich war nur froh, dass Mirko ebenso gerne lief wie ich, sodass ich wenigstens jemanden hatte, der mich auf den meist längeren Wanderungen begleitete. Aber zuerst machten wir eine Generalreinigung auf dem Boot, soweit dies ohne größeren Wasserverbrauch möglich war.

Nach dem Essen machten wir uns auf. Zuerst liefen wir von einem Dorfende bis zum anderen, fanden immer neue Treppen, Ecken, Eingänge, Häuser, Türen und Fenster, die des Fotografierens wert waren, und danach gingen wir bergan, dem Wald, den Hügeln und Feldern entgegen. Ein Dorf reiht sich hier übergangslos an das andere. Wir wissen kaum, wo das eine anfängt und das andere aufhört. Und wie zurückgeblieben hier noch alles scheint.

Jede Arbeit wird per Hand gemacht, keine Maschinen erleichtern sie. Kleine Höfe mit roten Fenstern und Türen, aus grob gehauenem Stein erbaut. Häuser, die sich an die Berghänge ducken. Kleinste Ortschaften mit nur einer einzigen Straße und ganz vereinzelten Häusern. Für die verstreuten Gemeinden gab es eine Kirche, einen Friedhof. Unsere Füße scheinen sich nach festem Boden zu sehnen. Wir laufen durch Felder, wir gehen in den Wald und immer wieder begeistert mich die herrliche Aussicht zu neuen Bildern. Die altgalizischen Häuser, das Gelbbraun der Felder, ein Zaun, der sich gegen den Himmel abhebt. Das kunstvolle Gebilde eines Getreidehaufens, ein alter Brunnen. Ein staubiger Weg und ein kläffender Hund. Ein kleiner Esel, der neugierig aus einem großen Scheunentor schaut. Motive, wohin das Auge blickt. Eine klare Stille über der Landschaft, hier oben ein sanfter Wind, der nichts mit dem Fauchen des Sturmes draußen auf offener See gemein hat. Die ausgetretenen Dorfstraßen. Alte Frauen, die schwatzend im Schatten sitzen wie große schwarze Vögel. Die gras- und kräuterduftenden Waldwege, die roten Dächer und tief unten das Meer. Ich verliere mich in Beschreibungen, aber ich bin einfach nur glücklich, ich fühle mich unendlich lebendig und aufnahmebereit für diese Landschaft in der flirrenden Nachmittagsluft.

Den Plan, einen Bus nach Laredo zu nehmen, habe ich, wie schon erwähnt, wieder aufgegeben. Sollte ich so kurz vor Ende der Fahrt tatsächlich schlappmachen wollen? Das lässt mein Stolz, der vielleicht noch größer ist als meine Furcht, nicht zu. Außerdem fände ich das ausgesprochen unbefriedigend, war Laredo doch auch für mich das große Ziel dieser Fahrt, mit all den Herausforderungen, die ich bis jetzt, meine ich, recht bravourös bestanden habe. Na ja, nach dem letzten Tag auf stürmischer See denken meine beiden Männer vielleicht anders über meinen vermeintlichen Mut, aber die kennen ja auch anscheinend keine Furcht. Ich jedenfalls bin trotzdem stolz auf mich, weil ich an so vielen Tagen gegen meine Ur-Angst angegangen bin und weitermache.

Auf dem Nachhauseweg sehen wir unsere Wäsche auf der Dachterrasse eines der armseligen Häuser flattern. Das windige Wetter war zum Trocknen der Wäsche sehr günstig. Heute Abend können wir sie abholen. Und tatsächlich, als wir am später in die Bar kommen, um wieder einmal den Wetterbericht zu hören – alles andere erscheint uns im Augenblick trotz all der Gefahren in der Welt, wie zurzeit die Golfkrise, nebensächlich – ist unsere Wäsche fertig, gebügelt und zusammengelegt. Und die Wirtin fragt scheu und zögernd, sie habe so etwas noch nie gemacht, ob umgerechnet 20 D-Mark zu viel seien! Ich fand den Betrag für die Zeit und Mühe, die sie in die Unmenge an schmutziger Wäsche investiert hatte, sehr gering. Ich bedankte mich überschwänglich und legte noch ein großzügiges Trinkgeld dazu, beschämt von so viel Bescheidenheit.

55. Tag

23. August

Es erscheint uns fast unglaublich! Wir sind durch! Wir haben Galizien, die nordwestlichste Landzunge Spaniens, endlich umrundet!

Nach einer relativ ruhigen Nacht, die wir wieder vor dem Strand ankernd und nicht im Hafen verbrachten, entschlossen wir uns, heute Morgen unser Glück zu versuchen.

Und als wir endlich aus dem Meeresarm draußen und auf offener See waren, stellten wir mit freudiger Erleichterung fest, dass wir nicht wieder umzukehren brauchten, dass wir endlich unsere Fahrt fortsetzen konnten. Das bedeutete jedoch nicht, dass wir etwa herrlichstes Segelwetter gehabt hätten, so übersteigert waren unsere Wünsche schon gar nicht mehr. Es bedeutete nur, dass Wind und Wellen erträglich waren. Kurz entschlossen entschieden wir, eine neue Route festzulegen, und La Coruña gar nicht erst anzulaufen. Die Stadt ist zwar wunderschön, aber wir wollten endlich einmal die Möglichkeit nutzen, einige der uns noch verbleibenden Meilen zurückzulegen. Denn wer konnte schon voraussagen, wie das Wetter morgen wieder sein würde.

Überhaupt war das ein seltsamer Sommer, zumindest, was die Verhältnisse auf See betreffen. Denn es besteht ja ein riesiger Unterschied zwischen dem Sommer an Land und dem Sommer auf dem Meer.

Im Grunde hatten wir schönes Wetter, von dem Gewitter und den Sommerunwettern mal abgesehen. Der starke Wind vertrieb sogar alle Wolken, er blies nur immer von der falschen Seite und mit derartiger Heftigkeit, dass sich Kreuzsee und Wellen in gefährlicher, oft ungemütlicher Höhe aufbauen konnten.

Jedenfalls waren wir ausgesprochen glücklich, als wir in Cedeira anlegen konnten, weil wir damit wieder ein Stück auf dem Weg nach Laredo geschafft hatten. Wir machten unseren gewohnten Spaziergang ins Dorf, wieder lag der Hafen recht weit vom Städtchen entfernt, was aber nichts ausmachte, denn ausgiebiges Gehen ist nach einem langen Tag auf dem Boot immer begrüßenswert.

Cedeira ist eine kleine Hafenstadt und gleichzeitig als Seebad bekannt, deshalb wahrscheinlich auch die Sauberkeit und die gepflegten Anlagen. Und wieder einmal kann ich spüren, dass ein Hafen ein Sehnsuchtsort ist. Warum? Weil er für mich einen Aufbruch in Neues und Unbekanntes verspricht. Häfen erzählen von Abenteuern und Entdeckungen.

Schade, dass wir nicht von all diesen Städten und Dörfern die Vorgeschichte kennen, denn gerade in dieser Gegend reicht sie offensichtlich bis in die Anfangszeiten menschlicher Besiedlung zurück.

Am späten Abend kehrten wir noch in ein hässliches Lokal ein, wo wir aber sehr gut aßen. Man sollte sich nicht immer von Äußerlichkeiten täuschen lassen, auch wenn diese den Ausschlag für die erste spontane Entscheidung geben. Aber wir fanden nichts anderes vor und konnten uns dann doch über die richtige Wahl und das köstliche Abendessen freuen. Gegen 12 Uhr waren wir wieder an Bord, wo wir müde in die Kojen fielen.

Heute ist es vier Monate her, dass mein Vater starb. Ich habe oft an ihn gedacht, mehr aber noch an meine Mutter. So ruhig, wie ich den Tod meines Vaters hingenommen habe, so unvorstellbar, absolut nicht nachvollziehbar, ist mir der Gedanke, dass meine Mutter irgendwann nicht mehr sein könnte. Wie sehr hoffe ich, dass es noch sehr lange, sehr lange dauern möge. Aber was ist in einem Leben und ab einem gewissen Alter schon lange? Ganz unvorbereitet wird man manchmal von Verlust und Trauer überfallen.

Die Blätter fallen, fallen wie von weit,
als welkten in den Himmeln ferne Gärten,
sie fallen mit verneinender Gebärde.
Und in den Nächten fällt die schwere Erde
aus allen Sternen in die Einsamkeit.
Wir alle fallen. Diese Hand da fällt.
Und sieh dir andre an: es ist in allen.
Und doch ist Einer, welcher dieses Fallen
unendlich sanft in seinen Händen hält.

Ob ein solches Vertrauen, wie Rilke es in seinem Herbstgedicht so voller Zuversicht beschreibt, wirklich irgendeines fernen Tages zu erreichen ist? Es wäre unendlich tröstlich.

56. Tag

24. August

Doch das Wetter hält sich, wir können heute in Richtung Ribadeo aufbrechen. Es war ein langer, ein fauler Tag. Ich konnte sogar an Bord kochen, habe geschrieben und viel Musik gehört.

Gegen Abend legten wir im Hafen an. Die Gegend dieser galizischen Rias ist wirklich beeindruckend schön. Grün die Wälder, liebliche Buchten, kleine, wuchtige Dörfer, wo der Kirchturm noch das Bild beherrscht. Die modernen Villen schmiegen sich harmonisch in die Landschaft ein.

Große und kleine Jachten, Motorboote und Wasserskifahrer beleben die Flüsse. Kleine Häfen, wo man an der Pier der Fischerboote festmachen kann. Allerdings können wir hier nicht unseren Tank füllen, da der Diesel, den man verkauft, subventioniert und nur für die Fischer bestimmt ist. Aber wieder überrascht uns die Liebenswürdigkeit der Leute hier, denn der Tankwart fährt mit Mirko und unseren beiden großen Kanistern zur nächsten öffentlichen Tankstelle, weil die Taxis niemanden mit vollen Benzinkanistern befördern.

Als wir gerade am Befüllen waren, rief jemand unseren Namen. Es war Peter Wallace mit seiner Frau, die hier ihr Sommerhaus haben. Woher wir ihn kennen? Er ist der Vertreter von Proud, der Schiffswerft von Hillaseven. Das war wirklich eine Überraschung und so fiel die Begrüßung auch richtig herzlich aus – schließlich war er seit 56 Tagen das erste bekannte Gesicht. Er meinte, er hätte voller Interesse vom Fenster aus das Anlegemanöver dieses hellgrünen Kats beobachtet und so bei sich gedacht, den kennst du doch. Deshalb machte er einen kleinen Abendspaziergang zum Hafen und siehe da, es waren wirklich die Möllers.

Wir verabredeten uns zum Abendessen und er versprach, uns mit dem Wagen am Pier abzuholen. Pünktlich zur verabredeten Zeit tauchte er mit einem großen Landrover auf, also ganz zünftig für uns Segler. Früher hatten wir auch einen Landrover, mit dem die Kinder in die Schule gefahren wurden. Am hinteren Ausstieg standen meist ein paar Neugierige, die jedes Mal zählten, wie viel Kinder denn noch aus dieser Tür gepurzelt kämen. Es war ein geräumiges, robustes Fahrzeug, mit dem wir alle sieben problemlos in einem Aufwasch zur Schule fahren konnten.

Es wurde ein sehr harmonisches Zusammensein mit Peter und seiner Familie bei einer köstlichen Mahlzeit, munteren Gesprächen und viel Lachen und Erzählen. Peter hat eine entzückende spanische Frau, sie heißt Paloma und nachdem wir beide ins Gespräch kamen, merkte ich, dass ich einige von Palomas Familienmitglieder kannte, weil sie Patienten in der Zahnklinik waren, in der ich in Madrid arbeitete. Wie klein doch die Welt sein kann und wie schnell wir dann den lebhaftesten Gesprächsstoff hatten. Ich zog sogar in Erwägung, den Kontakt mit Peter und Paloma in Madrid aufzunehmen.

Der Abend fand dann noch ein abenteuerlich-aufregendes Ende. Wir hatten heute nämlich auf Otto verzichtet und waren elegant von Bord gleich auf den Pier hinübergewechselt. Als wir in der Nacht um 12 Uhr zu Hillaseven zurückkamen, lagen sie und alle anderen Boote fünf Meter weiter unten!! Wie sollten wir denn da jetzt runterkommen! Ich jedenfalls bestimmt nicht! Wieder einmal war Mirko unser rettender Engel.

Mit aller Vorsicht hangelte er sich eine eiserne verrostete Treppe hinunter, die aber im Leeren endete, bis er in Höhe des großen Fischkutters, der neben uns lag, war, sodass er auf dessen Deck springen konnte. Von dort versuchte er an Bord von Hillaseven zu gelangen, während wir oben an den Tauen unseres Schiffes zogen, um es näher an den Kutter zu bekommen. Dort angekommen, machte er Otto sofort startklar und holte uns schließlich an einer grün-schleimigen, nassen, muschelbewachsenen Treppe ab, die bei Flut natürlich das ideale Habitat für alle möglichen Algen und Meeresgetier war.

Wenn man sich schon mal nach so vielen Tagen „fein" macht!!! Weiße Hosen, elegante Bluse und Hemden wanderten sofort in den Wäschesack. Jeans sind halt für ein Schiffsleben in allen Situationen immer noch am besten. Der Abend klang mit fröhlichem Gelächter und letzten Zurufen aus.

57. Tag

25. August

Eigentlich wollten wir heute in Luarca festmachen, einem ganz besonderen Dorf, das uns von anderen Reisen her schon bekannt war. Aber wir entschieden anders. Wir wollten etwas Neues kennenlernen, also weiter bis nach Cudillero. Wir haben einige Informationen eingeholt, weil der Ruf von Cudillero unter den Seglern so gut ist und wir lasen, dass dieser kleine Fischerort zu den schönsten Küstenorten an der gesamten spanischen Nordküste zählen soll.

Jetzt war die Neugier geweckt und schon die Küste schien diese Angaben zu bestätigen. Steile Riffe, goldfarbene Felsen, Vorsprünge, auf denen der Leuchtturm weithin sichtbar seine Leuchtfeuer aussendet. Eine ganz schmale Einfahrt, rechts ging es in Richtung Dorf und sehr kleinem Hafen und links lagen dann die Fischerboote und die paar Jachten, die ihren Weg hier hineingefunden hatten.

Es war gar nicht so ungefährlich, in diese Hafeneinfahrt zu gelangen, da sie ziemlich unübersichtlich war, und immer wieder gibt es Motorboote, die schon bei der Ausfahrt Geschwindigkeiten aufnehmen und für unangenehme Überraschungen sorgen können. Die wenigsten halten sich an die im Hafen vorgeschriebene Höchstgeschwindigkeit von 3 Knoten und wenn dann noch Jachten in der Nähe sind, die man so herrlich durchschütteln kann, macht es erst so richtig Spaß, aufzudrehen. Man munkelt, das sei die Rache der Fischer an den „reichen Jachties", die ja Nichtstuer seien.

Na ja, wir fanden unseren Ankerplatz, außerdem war heute Samstag, da würde eh niemand hinausfahren.

Mit Otto begaben wir uns dann in den leeren Hafen auf der anderen Seite, denn sonst wäre es ein richtiger Gewaltmarsch geworden, bis wir zum Dorf gelangt wären.

Wie sehr hat sich unsere Entscheidung gelohnt, hier einen Zwischenstopp einzulegen. Cudillero schmiegt sich in ein enges Tal, das die Steilküste durchbricht. Bunte Häuser klettern die Hänge empor, schmiegen sich oft eng an die Bergwände, sind teilweise in sie hineingebaut und nur über steile Treppen und abschüssige Gassen zu erreichen. Als Bild wirklich phantastisch, aber wenn ich mir vorstelle, dass hier jemand krank wird oder gebrechlich ist, dann ist er bedingungslos an Bett und Haus gebunden, denn diese Steigungen und rutschigen Treppen und ungeteerten Feldwege kann man nur in absolut guter körperlicher Verfassung bewältigen. Die Bewohner scheinen hier an das Steigen gewöhnt zu sein. Mit behänder Leichtigkeit bewegen sie sich vom Ober- ins Unterdorf, von einer Seite des Ortes zur anderen oder gehen hinunter zum Marktplatz, um in einem der vielen Fischlokale und anderen Restaurants eine Kleinigkeit zu sich zu nehmen.

Wir klettern erst einmal in winkligen Gässchen und Sträßchen herum, steigen Treppen hoch zu den unzähligen Aussichtspunkten, die überall eingerichtet sind, um unter verschiedenen Blickwinkeln auf die farbenfrohen Häuser, auf das beruhigende Grün der Umgebung und das blaue Meer zu schauen; kleine Wellen brechen sich an den Klippen der Küste.

In einer der Gassen lehnt sich eine alte Frau weit aus dem Fenster, sie sei krank, erzählt sie und fragt neugierig nach unserem Woher und Wohin. Später kommt ihr Mann hinzu, der noch viel kränker und gebrechlicher zu sein scheint, er bekommt kaum Luft und kann auch nicht richtig laufen. Was machen diese Leute eigentlich in einem solchen Ort? Warten sie Gott ergeben auf den Tod? Mal abgesehen davon, dass zwischen den beiden ein absolut feindseliger Ton herrschte. Ist das Leben unter diesen Umständen in einem solchen Dorf, aus dem sie ja nie herauskommen, nicht eine Qual? Aber vielleicht verkenne ich die Situation auch und hier hilft noch jeder jedem, und man kann sich auf seine Nachbarn und Familie verlassen.

Letztes Abendlicht breitet sich über Dächer, Treppen und Gassen aus, lässt die Tannen am Horizont aufleuchten, bevor sich Schatten und Dunkel in dieser Bucht niederlassen.

Unten auf dem Platz herrscht reges Leben, an einem der vielen Restauranttische sitzen die weiblichen Honoratioren der Stadt und lassen sich Fisch und Wein munden. Auch wir setzen uns jetzt zu einer verdienten Ruhepause und bestellen Sidra, den in Asturien typischen gekelterten Apfelwein und beobachten erstaunt, wie der Kellner die Flasche mit der einen Hand weit über seinen Kopf, mit der anderen Hand die Gläser ganz weit nach unten hält und aus einer Höhe von über einem Meter die Gefäße damit befüllt. Da gibt es regelrechte Künstler – wie die das nur machen, ohne einen einzigen Tropfen zu vergießen? Und mancher Tourist wird ermutigt, diese Kunst des Einschenkens mal auszuprobieren, doch natürlich scheitert er kläglich und verschüttet das kostbare Nass. Sidra muss man sofort, frisch und sprudelnd trinken, denn nur so entwickelt er seinen vollen Geschmack. Hat man sein Glas nicht leer getrunken, wird der Rest in einen Eimer geschüttet, der an jedem Tisch dafür bereitsteht. Nun, ich bleibe bei meinem Wasser und der Fisch schmeckt mir trotzdem sehr gut.

Wir kehren relativ früh an Bord zurück. Ich muss an die beiden alten Leutchen denken, die einsam und in Zwietracht dort oben in ihrem Berghäuschen hocken, und ihre Feindseligkeiten nicht mehr auflösen können. Ist es nicht traurig, dass sich aus einer anfänglichen Zweisamkeit voller Liebe, Anziehung, Respekt, Achtung, Kompromissbereitschaft und Bewunderung oft genug ein unerträgliches Miteinander voller Vorwürfe, Rücksichtslosigkeit, Anfeindungen und Enttäuschungen entwickelt? Wo sind sie geblieben, die Gefühle, die einst einem Leben Sinn und Inhalt gaben, Freude und Glück bedeuteten. Wie sehr sollte man sich doch der Zerbrechlichkeit einer Beziehung bewusst bleiben, immer an ihr arbeiten und sie nie als gegeben, als selbstverständlich hinnehmen.

Kugelrund steigt der Mond heute auf, hellsilbernes Licht verzaubert die Sommernacht im Hafen von Cudillero. Plötzlich spüren wir einen ganz leichten Aufprall an Deck. Neugierig gehen wir auf die Suche nach dem Grund und finden eine Taube, die sich nicht regt, aber auch nicht tot ist. Als Karl-Heinz spaßend vorschlägt, morgen einen leckeren Taubenbraten zu machen, stößt er auf unseren heftigen Widerstand. Aber was können wir tun? Ich hole rasch eine kleine Schale mit Wasser, aber die Taube rührt sich nicht. Warten wir bis morgen, ob sie sich erholt. Aber woher kommt sie? An der Beringung vermuteten wir, es könne sich um eine Brieftaube handeln.

58. Tag

26. August

Die See war ruhig, aber die Sicht ausgesprochen schlecht. Nach wie vor liegt die Taube total erschöpft an Deck. Ich fülle frisches Wasser auf und versuche, sie mit ein paar Brotkrumen zu füttern. Aber es nutzt alles nichts. Also nehmen wir sie mit auf die Weiterfahrt.

Es hat mir fast leidgetan, dass wir diesen kleinen Ort Cudillero so schnell wieder verlassen mussten. Andererseits kann ich es verstehen, Mirko läuft die Zeit ja ohnehin schon davon und ohne ihn hätten wir diesen Törn niemals geschafft. Ob er ahnt, wie dankbar wir beide, vor allem ich ihm bin? Für seine Ruhe, sein Vertrauen in die Gegebenheiten, sein selbstverständliches Dasein, seine immer gute Laune und für die nie endende, liebevolle Hilfsbereitschaft?

Langsam hatte sich der Nebel aufgelöst, die Sicht war wieder klar. Manchmal schauen wir nach der Taube, nichts rührt sich. Und dann – dann beobachten wir sprachlos ein einmaliges Schauspiel.

Plötzlich nähert sich ein Taubenschwarm von vier, nein fünf Tauben und kreist über Hillaseven. Zuerst geschieht nichts, aber der Schwarm weicht nicht, fliegt immer tiefer über unserem Gast.

Wir stehen ein wenig abseits, aber so, dass wir regungslos dieses Verhalten beobachten können. Und jetzt bemerken wir, wie sich die auf unserem Deck gelandete Taube langsam anfängt zu bewegen, den Kopf hebt, die Flügel spreizt und – unversehens erhebt sie sich, steigt auf zum Schwarm, der sie ganz offensichtlich abgeholt hat, und fliegt mit ihm davon.

Und lässt uns mit offenem Mund zurück. Wie haben sie sich verständigt? Woher wussten die Tauben, dass hier jemand auf sie wartete? Wie wunderbar und eindrucksvoll diese Welt sein kann! Die Natur beschert uns immer wieder die erstaunlichsten Erlebnisse!

Es fiel schwer, uns wieder aufs Segeln zu konzentrieren, dabei betrug unsere Durchschnittsgeschwindigkeit stolze 6 Knoten, sodass wir schon um 14 Uhr 30 am Anmeldepier von Gijón festmachten. Bei der Anmeldung mussten wir dem zuständigen Mitarbeiter unsere Daten langsam und ganz genau diktieren, er schien große Schwierigkeiten mit dem Schreiben zu haben und war extrem langsam. Seinen Kaugummi jedoch schob er schnell von einer Mundecke in die andere, wenigstens das schien er problemlos zu beherrschen.

Und dann erlebten wir eine Überraschung – ganz neue Duschanlagen! Nichts wie Waschutensilien holen und ab unter das heiße Wasser. Wie bescheiden man auf so einer Fahrt wird, Duschen wird zum Luxus.

Der Tag hatte ja bereits mit einem ganz besonderen Erlebnis, dem Taubenflug, begonnen, doch nun bekam er durch das Duschen noch einmal eine Steigerung! Oft sind wir ja in den letzten 57 Tagen nicht in diesen Genuss gekommen, kein Wunder, dass wir jetzt dieses Glück mit so viel Freude begrüßten.

Als wir die Duschorgie beendet und uns stadtfein gemacht hatten, gingen wir los, die Hauptstadt Asturiens zu erkunden.

Leider bekommen wir einen erbärmlichen Eindruck, ungepflegte Straßen, verfallende Häuser und Gebäude. Es ist so schmutzig, dass es mir die Sprache verschlägt.

Armut, wohin wir blicken, Asturien ist sozusagen der spanische Ruhrpott, die vorherrschenden Industriezweige sind Steinkohle- und Erzbergbau. Und so schwarz und dunkel scheint die ganze Umgebung zu sein, trist und verwahrlost. Das habe ich in dieser Form im Ruhrgebiet nie erlebt, vielleicht damals nach dem Krieg, als Deutschlands Wirtschaftsaufschwung einsetzte, aber bereits Ende der Siebzigerjahre hatte ein Umdenken eingesetzt. Hohe Umweltauflagen hatten zur Verschönerung der Städte, zur Säuberung der Flüsse, zur Eindämmung schwerer, durch den Bergbau verursachter Lungenkrankheiten und zur Erhöhung der Lebensqualität der Menschen beigetragen.

Aber hier ist selbst die Altstadt, die doch Vorzeigegegend der Hauptstadt sein sollte, vernachlässigt, verschmutzt, gesäumt von überquellenden Mülltonnen, schlecht gekleideten Menschen und Typen, denen man bei Nacht wirklich nicht begegnen möchte.

Dabei war schon Augustus, der erste Kaiser von Rom, nach dem zähen Sieg seiner Truppen über das kriegserprobte Volk Asturiens, in Gijón einmarschiert, und das Land wurde im Jahr 10 n. C. endgültig in das Imperium eingegliedert. Die Ausgrabungen römischer Thermalbäder im nahegelegenen Campo Valdés, die römische Villa von Veranes oder die Archäologie von Campa Torres zeugen von ihrer Jahrtausend alten Geschichte. Auch die Kelten hatten ihre Spuren in der Stadt hinterlassen. Dies alles galt es doch zu bewahren und zu pflegen!

In der Altstadt fühlen wir uns im unübersichtlichen Gewimmel von Gassen und kleinen Plätzen verloren. Wir entfliehen dem Wirrwarr und machen uns auf zur Strandpromenade, die mit einer sehr schönen alten Kirche der einzige Lichtblick zu sein scheint, aber das söhnt uns jetzt auch nicht mehr mit dem Rest aus. Nein, Gijón ist eine Enttäuschung.

Allerdings ist das Angebot an Bars und Restaurants, in denen man gut speisen kann, zahlreich. Wir entdecken ein sehr volkstümliches Restaurant, wo wir uns mit einem guten Essen trösten und kehren danach lieber an Bord zurück. Ich bin sehr froh, dass auch Mirko keine Ambitionen hat, das Nachtleben von Gijón kennenzulernen, denn an den Bars und Diskotheken, die wir sahen, trieben sich üble Gestalten herum, sodass ich kein Auge zugemacht hätte, bis er wieder zu Hause gewesen wäre! Zu Hause!, klingt das nicht toll – unser Boot ist zu unserem Zuhause geworden!

59. Tag

27. August

Heute sind wir noch einmal früh aufgestanden, denn wir haben 60 sm vor uns, die wir bis San Vicente de la Barquera zurücklegen wollen.

Es wird unser letzter Hafen vor Laredo sein. Es erscheint uns unfassbar, so nah sollten wir jetzt bereits unserem Ziel sein? Ein Ziel, das uns so oft auf dieser Fahrt irgendwie unerreichbar erschienen war, von dem wir glaubten, wir würden nie ankommen, zumindest nicht mit Hillaseven. Und nun liegt es fast zum Greifen nahe.

Unter die Trauer über das anstehende Ende und die Freude über das Gelingen unseres Törns mischt sich auch ein bisschen Aufregung. Schließlich ist es eine Rückkehr nach drei Jahren Abwesenheit, in denen wir in fremden Gewässern gesegelt sind und dabei große Abenteuer erleben und viel Neues kennenlernen konnten. Es ist nicht einfach eine banale Rückkehr im Auto oder Zug, nein, wir haben Spanien und Portugal zweimal umsegelt, etwas, das sich so leicht niederschreiben lässt und so simpel anhört, und das doch die wenigsten wagen, weil viele das Segeln als ein entspanntes Sommerhobby betrachten.

Heute hatten wir zuerst einmal Windstille und eine ruhige See, aber gegen Mittag erhob sich wieder der nun schon so bekannte Wind gegen uns, 3 bis 4 Beaufort, nicht viel, aber es hatte sich wieder eine Kreuzsee aufgebaut, die uns, wie schon so oft, tüchtig durchschüttelte. Leider nicht nur für einige Stunden, sondern über den ganzen restlichen Tag, der dadurch endlos lang erschien.

Um sieben Uhr machten wir endlich an der Kaimauer von San Vicente fest. Was gar nicht so einfach war, da wir von der Strömung ständig weggetrieben wurden und zudem aufpassen mussten, dass wir in ausreichender Wassertiefe ankerten, denn der Hafen von San Vicente fällt bei Ebbe trocken, was bedeutet, dass wir zum Auslaufen auf die Flut hätten warten müssen, und das galt es zu vermeiden.

Karl-Heinz und ich wollten heute nicht mehr an Land gehen. Das schwierige Ankern war aufregend gewesen und nach einem solch unruhigen Tag sind wir einfach nur müde. Mirko dagegen wollte alte Erinnerungen wecken an unsere beiden Fahrten mit seinen Geschwistern Kai und Stefanie, als wir damals bis nach La Coruña gesegelt sind und ebenfalls in San Vicente ankerten.

Da ich so gerne schreibe, hat mich heute ein Gedicht von Gottfried Benn angesprochen.

Ein Wort, ein Satz - : aus Chiffren steigen
erkanntes Leben, jäher Sinn,
die Sonne steht, die Sphären schweigen
und alles ballt sich zu ihm hin.
Ein Wort – ein Glanz, ein Flug, ein Feuer,
ein Flammenwurf, ein Sternenstrich –
und wieder Dunkel, ungeheuer,
im leeren Raum um Welt und Ich.

60. Tag

28. August

Wir beschließen, entgegen unseren ursprünglichen Plänen, einen weiteren Tag in San Vicente de la Barquera zu verbringen. Mirko kam gestern Abend so begeistert zurück an Bord, dass wir dachten, einen Tag mehr oder weniger macht jetzt auch nichts mehr. Eigentlich wollten wir nach der Umrundung des Kaps von Finisterre nach genau 60 Tagen in Laredo einlaufen! Aber war das wirklich wichtig?

Wir hatten uns ein wenig über San Vicente erkundigt, gerade weil wir es so positiv in Erinnerung hatten. Wir wussten, dass es einer der malerischsten Ortschaften an der kantabrischen Küste war, unter anderem wegen seiner außergewöhnlichen Lage am Fuß des schneebedeckten Gebirges Picos de Europa und gleichzeitig wegen seiner endlos weißen Strände und grünen Hügel. Nirgends sonst haben wir erlebt, dass hohe Berge so nah ans Meer grenzen. Immerhin ist der höchste Berg, der 2.648 Meter hohe Torre de Ceredo, nur 60 km von San Vicente entfernt. Es gibt einfach Ortschaften, die unvergleichlich schöne Spuren in der Erinnerung hinterlassen und San Vicente gehörte zweifelsohne dazu. Es gibt bereits Funde aus der Bronzezeit und der Ursprung seines Hafens soll der römische Hafen Portus Vereasueca gewesen sein. Wir machen uns auf, die beiden alten Ortskerne von San Vicente zu „erobern". Der Begriff „erobern" ist gar nicht so schlecht getroffen, denn sie liegen auf einer Höhe, auf der auch die Burg und eine alte Kirche thronen. Was für ein Unterschied zu Gijón, man meint nicht, dass beide Orte so nah beieinanderliegen. Warum ist das eigentlich so? Gut, die

Lage spielt natürlich eine Rolle, aber man kann doch den Ort, in dem man sein ganzes Leben verbringt, verschönern, oder zumindest sauber halten! Selbst die Menschen machen hier einen ganz anderen Eindruck.

Wir erforschen das Städtchen. Wir steigen zur Burg El Castillo del Rey hinauf und lassen diesmal auch nicht die Iglesia de Santa Maria de los Angeles aus, obgleich der Anstieg wirklich recht mühsam war. Aber für die Anstrengung werden wir mit einem atemberaubenden Blick auf die Silhouette von San Vicente entschädigt. Das Abendessen hatten wir uns redlich verdient und im legendären Restaurant Dulcinea wurden all unsere Wünsche erfüllt. Erstens von einer sehr freundlichen Bedienung und zweitens von einem köstlich mundenden Essen. Wir merkten schnell, dass es wohl das teuerste Lokal im ganzen Ort war, aber wir waren in Feierlaune und haben es ganz sicher nicht bereut.

Wie schnell der Tag vergangen war. Gekrönt wurde er noch von einem herrlichen Sonnenuntergang, ich konnte mich wieder einmal nicht von meiner Kamera trennen. Purpurrot färbten sich Himmel und Wasser, die einsame Gestalt eines alten Fischers in seinem kleinen Boot hob sich schwarz gegen den Hintergrund ab. Leichte Wellen erzeugten ein lebendiges Leuchten und Glitzern gegen die dunklen Berge. Denn von hier aus konnte ich die imposanten Spitzen der Picos de Europa sehen. Dieses Gebirge war das erste Zeichen für Land, das die früheren Seefahrer weit draußen auf offener See ausmachen konnten. Es ist eine einzigartig schöne Landschaft und mittendrin dieser kleine bezaubernde Fischerort. Nicht einen einzigen Augenblick haben wir diesen Zwischenstopp und den freien Tag bereut.

61. Tag

29. August

Heute ist also der letzte Tag unserer großen Fahrt von den Balearen in den Norden Spaniens. Beginnt er anders? Ja und nein. Vielleicht ein wenig traurig, vielleicht ein wenig froh? Der Tag gestern war ein sehr erinnerungswürdiger Abschied gewesen, aber noch haben wir ja ein paar Seemeilen vor uns und sind auf den Empfang in Laredo gespannt! Deshalb machen wir die Leinen recht früh wieder los, um uns alle Zeit der Welt zu gönnen.

Am Anfang hatten wir wieder das gleiche Wetter wie gestern, am Morgen ruhig und gegen Mittag erhob sich dann der Wind und die Wellen machten auch diesen letzten Tag auf See eher ungemütlich und unruhig. Und doch erfüllte uns, wie gesagt, neben Freude auch eine gewisse Traurigkeit. Zum einen natürlich deshalb, weil wohl die weiten Törns, die großen Fahrten, die Abenteuer mit unserer Hillaseven fürs Erste vorbei waren. Ob wir jemals wieder eine lange Fahrt machen würden? Mirko wird wahrscheinlich nicht mehr die Zeit haben, mit uns zu segeln. Er hat vor, sein Studium in England um ein halbes Jahr zu verlängern, weil für ihn hier in Spanien noch keine Aussichten bestehen, in seinem Beruf arbeiten zu können. Ich darf gar nicht daran denken! Neben meiner Freude, dass er nun in sein eigenes Leben startet, empfinde ich eine unendliche Trauer. Dann geht also nun auch unser Jüngster, der letzte unserer vielen geliebten Kinder! Das Nesthäkchen! Ist es nicht verständlich, dass ich mich ihm so eng, so innig verbunden fühle? Jahrzehntelang waren die Kinder Mittelpunkt und Sinn unseres

Lebens. Ich liebe sie alle so sehr, aber meine Gefühle gegenüber meinem jüngsten, meinem letzten, Kind sind besonders intensiv. Jede Minute auf diesem Törn habe ich mit ihm zusammen genossen. Dieses Zusammensein war so innig, liebevoll und harmonisch gewesen, es wäre seltsam, wenn da keine Traurigkeit aufkäme.

Wir sind uns bewusst, dass wir ohne ihn nie wieder eine solche Tour unternehmen können. Ich bin höchstens Begleitperson, aber keine wirkliche Hilfe und dass Karl-Heinz ganz allein mit allen Situationen fertig werden müsste, geht schon aus gesundheitlichen Gründen gar nicht.

Wie machen das eigentlich die anderen Jachtbesitzer? Üblich ist es, zu kleinen Törns Richtung Santander, Bilbao oder einem anderen kleinen Hafen in der Biskaya aufzubrechen. Auch eine Fahrt bis an die französische Atlantikküste ist da schon mal drin, aber meistens handelt es sich um Tagesausflüge, denn man ist hier im rauen Norden viel zu sehr aufs Wetter und auf gute Segelbedingungen angewiesen. Das ist man im Süden zwar auch, aber die Balearen gelten ja doch als relativ ungefährliches Segelparadies.

Dennoch – wie wunderschön und erlebnisreich waren die vergangenen Wochen. Auch wenn wir gegen das oft miserable Wetter kämpfen mussten, das unsere Pläne immer wieder durchkreuzt hat. Auch wenn ich und die Crew so manches Mal mit meiner Angst und Wut zurechtkommen mussten, war dieser Segeltörn Abenteuer und Herausforderung, eine sportliche Leistung, die von uns viel Mut und Können abverlangte. Aber nicht nur Traurigkeit über das Ende des Törns macht sich breit. Vielmehr ist es Nachdenklichkeit. Nie zuvor bin ich mir so bewusst gewesen, wie vielfältig das eigene Leben sein kann.

Wir selbst können Bedingungen schaffen, die oft großen Mut erfordern. Wir haben es in der Hand, durch unser selbstbestimmtes Handeln unser Leben zu beeinflussen. Das führt sicherlich zu manch extremer Situation, aber ohne Risiko kein Preis. Auch die eigenen Einstellungen sollte man immer mal wieder überdenken und dabei unterschiedliche Standpunkte akzeptieren lernen. War das die Erkenntnis, die ich aus den letzten Wochen gewonnen hatte?

Zudem habe ich selten eine so lange Zeit erlebt, in der Äußerlichkeiten absolut unwichtig waren. Gerade an Bord, weit weg von gesellschaftlichen Zwängen und Normen, fühlten wir uns frei! Niemand achtete auf Frisur, Schminke, Kleidung. Bequem und praktisch musste sie sein, der Situation angepasst. Ich konnte ja schlecht in Stöckelschuhen die Leinen einholen! Und die Frisur war bei der ersten überschwappenden Welle auch hinüber! Jeans, ein gemütlicher Pullover und festes Schuhwerk waren kein Anzeichen des „sich gehen Lassens", es musste einfach sein! Und keiner achtete darauf, keiner beurteilte oder kritisierte.

Wichtig war allein die Natur. Waren die vielen, nie zuvor erlebten Ereignisse, die sich tief in die Erinnerung gruben. Und wichtig waren der Zusammenhalt und das füreinander Dasein, die schweren, verzweifelten Stunden der Angst miteinander durchzustehen, das eine oder andere böse Wort zu verzeihen, gesund anzukommen.

Auch haben wir auch jede Bequemlichkeit, die sich uns bot, fürstlich genossen, schöne Ankerplätze, warme Duschen, hervorragendes Essen. Auf dem Törn habe ich oft gedacht, daheim nicht wieder in den gleichen Alltagstrott und die gleichen Abhängigkeiten verfallen zu wollen. Immer hadere ich mit mir selbst, meinem Aussehen, meinem Körper, fühle

mich nicht unendlich frei und wohl, geborgen in einer Na-
türlichkeit, von der ich bereits jetzt weiß, dass sie nur an
Bord möglich ist. Denn zugegeben, sobald ich einen Fuß an
Land setzte, war ich frisiert, geschminkt und schick gekleidet, da ich schon immer großen Wert auf mein Aussehen gelegt habe. Zurück im Alltag würde sich vieles nicht ändern
lassen, vielleicht auch und gerade, weil ich es ja eigentlich
gar nicht ändern wollte!

Das Leben auf dem Boot, das Leben in der Stadt – zwei ganz
unterschiedliche Situationen, die beide ihren ganz besonderen Reiz haben, die ich nicht missen wollte. Man kann nicht
sagen, auf Hillaseven wäre der Alltag intensiver, ehrlicher,
freier! Wieder kommt es ganz darauf an, wie man sein eigenes Leben gestaltet, und das kann überall wunderschön sein.
Plötzlich erfüllt mich eine ungeheure Freude, denn ... ist
mein Leben nicht unwahrscheinlich reich?

Eines weiß ich ganz sicher, wenn meine letzte Stunde ge-
schlagen hat, werde ich mich niemals fragen müssen, ob das
wirklich alles war. Auf uns, auf mich wartet noch so viel
Neues.

Und was geschieht mit unserem Leben in Madrid – wie wird
unsere nächste Zeit aussehen? Wird sich mein Traum von
der Rückkehr nach Deutschland erfüllen? Warum spreche
ich immer noch von Traum – Karl-Heinz ist doch damit einverstanden! Aber was werden die Kinder dazu sagen, sie
wissen noch gar nichts davon.

Und dann habe ich den großen Wunsch, meine Fotografien
Verlagen anzubieten. Dazu muss ich meine Schüchternheit
überwinden und an meinem Selbstwertgefühl ganz gehörig
arbeiten, denn immer noch bin ich der Meinung, dass ich mit
meiner Fotokunst gar nicht so gut bin, dass sich niemand für

das interessieren wird, was mir so unendlich viel bedeutet. Und noch etwas möchte ich unbedingt – endlich ein Buch schreiben.

Seit meinem zehnten Lebensjahr ist das mein tiefster, mein innigster Wunsch. Schon meine Deutschlehrerin, die später mein ganzes Leben lang meine beste, intimste Freundin werden sollte, unterstützte mich in meinem Vorhaben. Doch der stressige Alltag mit Kindern und Haushalt machte es bisher nur möglich, die eine oder andere Kurzgeschichte zu schreiben, aber jetzt hatte ich Zeit, viel Zeit, und die wollte ich unbedingt für dieses lang ersehnte Projekt nutzen.

So viele Pläne, so viele Wünsche – wer sollte sich denn dann vor der Rückkehr in den Alltag fürchten?

So viele Überlegungen auf diesen letzten Seemeilen zwischen San Vicente und Laredo, ein Potpourri unterschiedlichster Gefühle, aber eins weiß ich sicher, mit dem Auszug unserer Kinder und ihrer Selbstständigkeit ist unser Leben noch lange nicht gelebt. Es beginnt eine neue, sehr lebenswerte Phase, zumindest habe ich fest vor, das Beste daraus zu machen!

Schluss jetzt mit all diesen Gedanken – zurück in die Gegenwart, denn das Wetter verschlechtert sich von Minute zu Minute. Die Wellen werden immer höher und härter, der Wind bläst, wieder verschont er uns nicht. Und … er erlaubt uns noch nicht einmal, wenigstens heute mit gesetzten Segeln in den Hafen von Laredo einzulaufen. Und da ist auch schon der Felsen von Santoña, sind die Leuchtfeuer und die Bucht von Laredo. Davor kreuzt eine französische Jacht, die, wenn man nicht gerade in unserer Richtung fährt, einen herrlichen Segelwind hat. Aber das mussten wir ja bereits zur Genüge auf dieser Fahrt feststellen.

Ein eigentümliches Gefühl – greifbar nah, unendlich bekannt und vertraut, das Dorf, der Strand, die Berge, die Hochhäuser. Die Leute beim Baden, die Windsurfer und jetzt die Einfahrt in den Jachthafen. Wenn es nach unseren Empfindungen ginge, müsste eigentlich eine Kapelle dort am Anlegesteg auf uns warten. Müssten sich Bekannte und Segelnarren einfinden, um Hillaseven zu begrüßen und uns zuzujubeln, uns anerkennend auf die Schulter zu klopfen.

Aber … da denken wir völlig falsch. Wir legen an, wir steigen aus, wir warten, dass uns vielleicht irgendeiner begrüßt, so wie es im letzten Jahr in Óliva der Fall gewesen war. Und dabei waren wir damals ja nur aus Madrid gekommen, um eine Zeit im Süden zu verbringen.

NICHTS …!

Karl-Heinz geht zu einigen Leuten, die er kennt, will erzählen, dass wir von Valencia kommen und nach der langen Abwesenheit jetzt wieder in Laredo angekommen sind.

NICHTS …!

Ich möchte so gern zu ihm gehen und den Arm um ihn legen, um ihn vor dieser Gleichgültigkeit und Enttäuschung zu schützen, ihm aber auch gleichzeitig sagen, lass es, die Leute interessiert das doch gar nicht. Verschwende dich nicht.

Wir begegnen den Mechanikern, die uns seit Jahren kennen.

NICHTS …!

Erinnert ihr euch an das Unwetter im letzten Jahr im Hafen von Óliva, als wir – von den Balearen kommend – einliefen? Und an die herrliche, spontane Hilfsbereitschaft von allen, einfach allen? Und an die Wiedersehensfreude? Und dabei waren wir doch nur auf den Balearen und nur zwei Monate weg gewesen. Diese Gleichgültigkeit ist so enttäuschend, sie schmerzt regelrecht, aber erstaunt mich das von Laredo?

Ich mochte den Ort noch nie wirklich. Dabei ist es nicht der Ort – nein, es sind die Menschen dort. Die Jachtbesitzer hier sind ein ziemlich arrogantes, eingebildetes Völkchen, wahrscheinlich mischt sich sogar eine Spur Neid unter das Desinteresse. Anerkennung für unsere Leistung will man sich verkneifen, ist man doch selbst mit seiner Jacht meist auf kleinen Fahrten unterwegs, um hier und da ein wenig zu fischen oder an einer einsamen Bucht anzulegen, um einen Strandtag zu genießen.

Wie dem auch sei, nach der ersten Enttäuschung gab es dann doch noch wenigstens einen Bekannten aus Vitoria, der sich, als er eintraf, sehr über unsere Ankunft freute und uns Zurückgekehrte mit lautem Rufen und freundlichem Hallo herzlich begrüßte.

Aber war es eigentlich wirklich so wichtig? Ja, machen wir uns nichts vor, das war es! Immerhin hatten wir keine Spazierfahrt hinter uns, und die risikoreiche Umrundung Spaniens und Portugals durch die Straße von Gibraltar, des Cabo de San Vicente und des Kaps von Finisterre durch den gefährlich aufgewühlten Atlantik mit seinen hohen Wellen und extremen Winden war eine unglaubliche Leistung, der man schon mal durch einige anerkennende, liebevolle Worte Tribut zollen konnte. Wir hatten die unter Seglern geltenden Maßstäbe erwartet, Kameradschaft, die sportliche Verbundenheit, die Einsamkeit auf See und letztlich die Hilfsbereitschaft untereinander. Auch die fehlte gänzlich. Keiner war bereit, mit anzupacken. Wir räumten noch am selben Abend die wichtigen Dinge, die wir in unserem Haus in den Hügeln von Seña brauchten, nur wenige Kilometer von Laredo entfernt, alleine aus. Wir bestellten ein Taxi, da unser Auto ja in Madrid war, von wo es Mirko in zwei Tagen holen wollte.

Dann erst würden wir Hillaseven komplett ausräumen und uns um den Bootsputz kümmern, damit sich kein Ungeziefer einnisten kann.

Wir wollen Hillaseven an Land bringen. Erstens wird hier viel zu viel gestohlen und da es keine Bewachung gibt wie in Óliva, muss man schon alles, was nicht niet- und nagelfest ist, vor allem die elektronischen Instrumente und Geräte mit nach Hause nehmen. Zweitens gibt es hier unvorhersehbare, sehr starke Stürme, schon manche Jacht hat es am Strand in tausend Stücke zerschlagen, eine Gefahr, die wir gar nicht erst eingehen wollen.

So war das Ende der Fahrt eher nüchternen Überlegungen, eher der Enttäuschung und einem etwas schalen Gefühl von Trauer, Alleinsein und Ende gewidmet.

Was soll's, wir hatten eine tolle Zeit, ein unglaubliches Abenteuer und eine unvergessliche Erinnerung an den Sommer 1990.

Adieu Weite – adieu Einsamkeit – Unabhängigkeit – Abenteuer.

Adieu Hillaseven bis zum nächsten Sommer.
Und danke für alles.

ENDE

DANKE

Dieses Buch hätte nie das Licht der Bücherwelt erblickt, hätte ich nicht die unermüdliche Hilfe, ihr hervorragendes Lektorat und die ständige Unterstützung meiner Tochter Sabine Ehnert bekommen, wofür ich ihr von ganzem Herzen danke. Ebenso danke ich meinen Kindern und meiner Freundin Hedi Hummel für ihren Glauben an mein Schaffen und für ihre seelische Unterstützung. Auch möchte ich mich bei Elsa Rieger für die gelungene Textgestaltung und bei Irene Repp für das tolle Cover bedanken.

Hilde Möller, 2022

Die Autorin

Hilde Möller, geboren in den Wirren des Dritten Reiches, lebte ab ihrem 21. Lebensjahr die meiste Zeit im Ausland – erst in Belgien, dann in Persien, der Türkei und 28 Jahre mit ihren sieben Kindern in Spanien. 1992 kehrte sie nach Deutschland zurück und hatte endlich Zeit, ihrer Liebe zum Schreiben nachzugehen. Bisher sind sechs Bücher von ihr erschienen. Heute lebt Hilde Möller in Mainz.

Weitere Bücher
den Himmel mit Händen fassen
Schatten umarmen
… und die Zeit stand still
leben
Ohne mich geht gar nichts
Worauf noch warten